El ladrón de mentiras

Roberto Santiago

ediciones SM Joaquín Turina 39   28044 Madrid

Colección dirigida por **Marinella Terzi**

Ilustraciones y cubierta de *Tesa*

© Roberto Santiago, 1996
© Ediciones SM, 1996
   Joaquín Turina, 39 - 28044 Madrid

Comercializa: CESMA, SA - Aguacate, 43 - 28044 Madrid

ISBN: 84-348-5052-4
Depósito legal: M-12491-1996
Fotocomposición: Grafilia, SL
Impreso en España/Printed in Spain
Imprenta SM - Joaquín Turina, 39 - 28044 Madrid

No está permitida la reproducción total o parcial de este libro, ni su tratamiento informático, ni la transmisión de ninguna forma o por cualquier medio, ya sea electrónico, mecánico, por fotocopia, por registro u otros métodos, sin el permiso previo y por escrito de los titulares del copyright.

1

MI nombre es Fernando, acabo de cumplir diez años y soy un mentiroso. Esto no es lo más importante, pero conviene no olvidarlo.

Todo el mundo me dice lo que tengo que hacer, y me preguntan a todas horas de dónde vengo, adónde voy, si he hecho los deberes, si me he cepillado los dientes o si me he comido el bocadillo de salchichón; no me gusta nada el salchichón, ni siquiera me gusta la palabra salchichón. La única cosa que no me preguntan es si les estoy diciendo la verdad. He descubierto que les digo cualquier cosa y se quedan tan tranquilos. Así que no me dejan otra solución: les miento todo lo que puedo.

Yo no quiero engañar a mis padres ni a mis profesores ni a nadie. Sólo tengo curiosidad. Tengo muchísima curiosidad por todo eso de las verdades y las mentiras. Dicen que es bueno que los niños tengan curiosidad. A otros críos les da por meter los dedos en los enchufes. A mí nunca se me ha pasado por la cabeza meter los dedos en ningún enchufe ni en ningún agujero negro y desconocido. Pero lo de las verdades y las mentiras, eso ya es otra historia. He oído en el colegio y cuando hice la catequesis de la primera comunión y en mi casa y en un montón de sitios que mentir es pecado y que si lo haces te vas de cabeza al infierno, y además, por lo visto, te pueden castigar sin postre o sin partido de fútbol o sin ir al cine o cosas así.

Pero he descubierto que todos esos castigos no son por mentir, sino por mentir mal. Si nadie se entera de que has dicho una mentira, no te castigan. Conque, puestos a mentir, más vale hacerlo bien.

Me pregunto si para mentir será suficiente con no decir toda la verdad, o si hay que mentir a conciencia; o sea, decir algo verdaderamente falso.

Creo que todo empezó el curso pasado, cuando vi a García Canuto copiar en el examen de matemáticas de la segunda evaluación. García Canuto se sienta en la tercera fila y está gordo como uno de esos gordos realmente gordos que ni siquiera pueden saltar el potro o subir la cuerda de nudos. Le vi hacerlo, sacar una chuleta y copiar con ganas. Aunque no quería, le vi. Pensé que si no se lo decía a alguien, me estaba callando una cosa que era verdad, porque el profesor había dicho en voz alta que si veíamos a alguien copiando, fuera quien fuera, teníamos que decírselo.

Por lo tanto, si me callaba, era un mentiroso.

Y mentir está mal, y es pecado, y si alguien se enteraba me iba a quedar sin ir al cine el sábado, y yo no quería ser un mentiroso. Así que le pregunté a Paco, que es mi hermano mayor, qué tenía que hacer.

—¿Tú quieres chivarte? —me preguntó él.

—Chivarme no —dije—. Pero mentir tampoco.

—Pues si el profesor te lo pregunta, díselo. Y si no te pregunta nada, olvídate del tema.

Mi hermano tiene respuesta para todo.

—Yo creo que si me callo es igual que mentir —dije.

—Para nada. Si estás callado, no mientes. Simplemente no dices una verdad ni tampoco una mentira.

Esto era nuevo para mí. Resulta que hay cosas que no son ni verdad ni mentira. No termino de entenderlo.

Me callé y no le dije nada al profesor, pero desde entonces cada vez que hay un examen me parece que García Canuto va a empezar a copiar otra vez, y que yo tendré que volver a mentir por su culpa. Una vez que empiezas, ya no sabes cuándo vas a parar.

Mi padre siempre dice que los políticos son unos

mentirosos. No sé si se refiere a todos los políticos o sólo a algunos que no le caen bien. Pero el caso es que lo dice muchas veces, como si fuera una cosa que le molesta tanto que está dispuesto a pegarles una paliza a todos ellos.

—Estos tíos mienten más que hablan —dijo mi padre un día que estábamos viendo la televisión mientras comíamos.

—¿Cómo sabes que están mintiendo, papá? —pregunté yo.

—¡Ja! ¿Que cómo lo sé? ¿Que cómo lo sé? Si se les nota en la cara, por favor... Se pasan el tiempo prometiendo cosas a la gente que luego no cumplen... No te fíes nunca de los políticos, Fernandito. Mira qué cara de mentirosos tienen.

Se les notaba en la cara. Pero ¿en qué? ¿En los ojos? ¿En la boca? A lo mejor a mí también se me notaba.

—¿A ti te han engañado muchas veces los políticos, papá?

—Huy, no, a mí no, porque yo no me creo nada de lo que dicen... A mí éstos no me engañan, yo soy perro viejo.

—Entonces, no te han mentido nunca.

—Sí, claro que mienten, a mí y a todo el mundo. Sólo que yo no les creo. Nadie se cree ya las tonterías que dicen... Se pilla antes a un mentiroso que a un cojo.

Pues a mí no me había pillado el profesor de matemáticas.

Claro, que yo no estaba seguro de haber dicho una auténtica mentira.

Pues bien, después de decirme tantas veces que mentir era lo peor del mundo y que era un pecado y todo eso, una mañana mi padre dijo una mentira.

Fue un día que me llevó al colegio en su coche. Normalmente venía a recogerme el autobús de la ruta, pero ese día mi madre no estaba, y nos quedamos dormidos, y perdí el autobús. Yo tenía un examen de sociales a primera hora. Así que nos fuimos sin desayunar ni nada, corriendo a todo correr.

Cuando llegamos al colegio ya habían empezado las clases, y el profesor de sociales, que además es el jefe de estudios, se puso delante de mi padre y dijo que yo no podía entrar hasta la hora siguiente. Le pedí por favor que me dejara hacer el examen, pero me respondió que eran las normas: el que llegaba tarde se quedaba en el pasillo hasta la hora siguiente.

Miré a mi padre, que hasta ese momento se había quedado a mi lado sin decir nada. Los dos sabíamos que la culpa era suya, porque se le había olvidado poner el despertador.

Mi padre abrió la boca, y ocurrió.

Dijo una mentira gigantesca. Una de esas mentiras que yo pensaba que te condenaban al infierno.

—Hemos tenido un accidente con el coche —le dijo al profesor—. Por eso hemos llegado tarde.

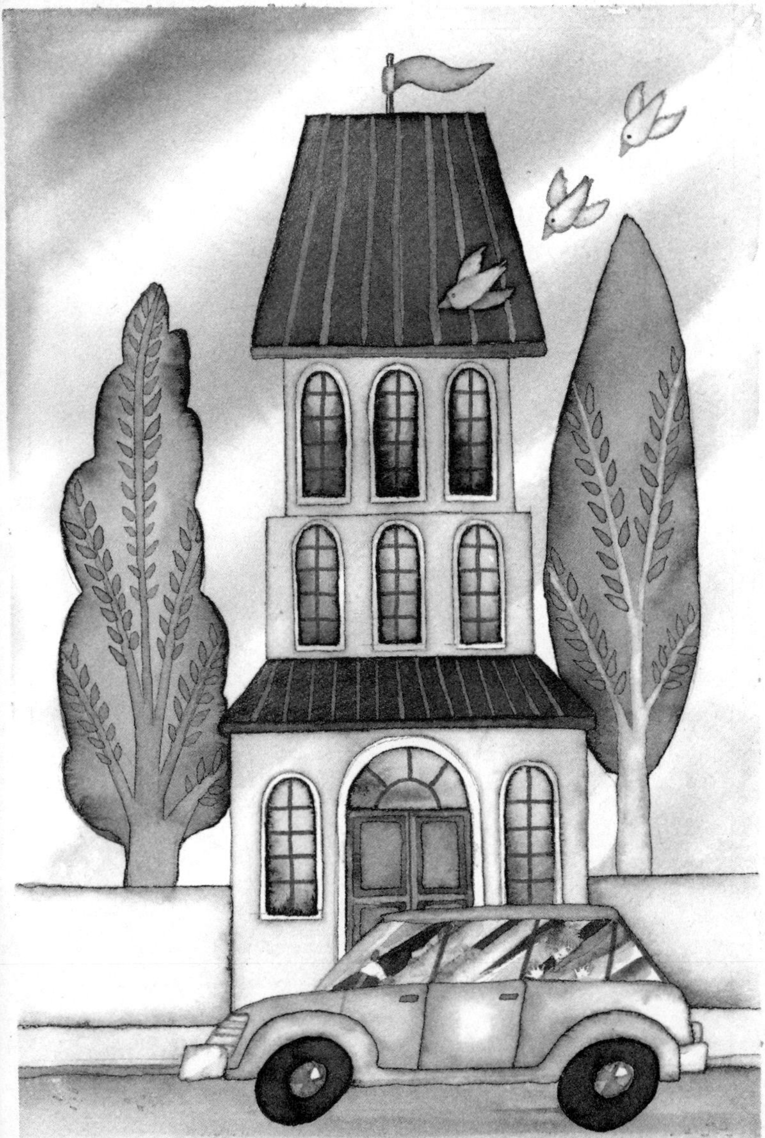

2

Un día pensé que yo también quería decir una mentira. Una de verdad. No como lo de no chivarme de García Canuto, no. Algo gordo.

Me preguntaba si sería capaz de hacerlo, si era algo que Genaro, que es el portero de mi casa y que tiene un chándal azul casi tan horrible como el chándal azul con el que yo hago gimnasia en el colegio, o yo mismo, o gente así, que nunca saldremos en una película ni en las noticias del periódico ni en ningún sitio, también podríamos hacer; o si eso de mentir es sólo para tíos importantes.

Había estado viendo a Arnold Schwarzenegger mentir muchísimo en una película que se llamaba *Mentiras arriesgadas*. Mentía a su mujer, mentía a su hija, les mentía a todos. Andaba por ahí diciendo que era un vendedor de seguros cuando en realidad era un superespía internacional. Ni su propia familia sabía la verdad. Mentía tan bien y de manera tan convincente que incluso su mujer se creía durante años que estaba casada con el tipo más aburrido y menos emocionante del país, mientras él en realidad se dedicaba a desactivar bombas, disparar contra terroristas y viajar a los lugares más peligrosos del mundo. Eso sí que es una mentira.

Claro que de pronto las cosas empiezan a torcerse, y su mujer se busca a un amiguito para hacer algo emocionante. Las chicas a veces son rarísimas. Si yo tuviera en casa a Schwarzenegger, el mayor espía de la historia de los espías, que además tiene una mirada de duro y de pedazo de animal que ya quisieran tener los chulitos de sexto que se meten con los más pequeños y que nos quitan el balón en el recreo, si ese tío fuera mi marido, que ya sé que eso no puede ser, pero si fuera, desde luego yo no me iría con ningún otro.

Después, la mujer se arrepiente y se pone muy nerviosa y hasta creo que le pide perdón, y todo eso en un momento de la película. Pero es que pedir perdón es muy fácil.

Lo difícil no sé lo que es, pero pedir perdón está tirado. Probablemente Fátima estaría de acuerdo conmigo. Probablemente Fátima esté ahora mismo pidiéndole disculpas a alguien por cualquier cosa. Se le da de miedo.

Cuando estuvimos sentados juntos el año pasado en clase, lo hacía a todas horas. En serio. Era capaz de comerse tu bocadillo de nocilla sin que tú te enteraras y a continuación abrir mucho los ojos y decir «Lo siento, lo siento muchísimo», y encima hacerte pensar que eras un monstruo sin entrañas si no la perdonabas. Por supuesto, es sólo un ejemplo. Ella nunca se comió mi bocadillo de nocilla sin pedirme permiso. La verdad es que no pudo hacerlo aunque hubiera querido, porque yo nunca he llevado un bocadillo de nocilla ni de ninguna otra cosa al colegio. Los bocadillos los llevan los empollones, los carapitos, los cuatroojos y los pelotas. No estoy seguro, pero yo creo que los llevan para que tú se los quites y luego ponerse a llorar y chivarse.

Lo que sí es seguro es que no está bien mentir a Schwarzenegger, que se está jugando el cuello para salvar a los buenos americanos y a los buenos de toda la humanidad.

A mí esa parte de la película me impresionó mucho. Cuando llegué a casa, no me lo pensé dos veces y me fui a ver a Domingo, que es el vecino del primero A, y que tiene una mujer muy bajita y con unas gafas enormes que parece una mosca.

Llamé a la puerta y me abrió ella.

—Rápido, rápido —dije muy nervioso—, cierre la puerta.

Entré en la casa y yo mismo cerré la puerta.

—¿Qué pasa, Fernando? ¿Se puede saber qué haces? —preguntó la mosca.

—Sssssh, no hable tan alto, que nos pueden

oír. ¿Está Domingo? Quiero hablar con él... —dije, moviéndome de un sitio a otro.

—Aún no ha llegado. ¿Quién nos puede oír?

—Ellos —dije señalando hacia arriba.

No sé si lo he dicho, pero yo vivo en el segundo A.

—¿Ellos?

Me senté en un sofá y me puse a llorar.

—Mi padre... y... y... esa mujer.

—Pero ¿qué mujer? Tranquilízate.

La mosca me agarró del pescuezo intentando consolarme. Creo que no había consolado a mucha gente, porque me hacía un daño horrible y además se notaba que no sabía por dónde cogerme y que estaba incómoda.

—Estaban allí... los dos... esa mujer...

—¿Dónde está tu madre?

—Mi madre está de compras con mi hermano —dije mientras me limpiaba los mocos y las lágrimas con una manga—, y no vendrán hasta esta noche, y yo me había ido a casa de Raúl, que es un chico de clase que tiene una colección de lagartijas disecadas, y mi padre dijo que me iría a buscar a las ocho, pero como eran las seis y media y yo ya estaba un poco aburrido de mirar las lagartijas esas, pues me he venido a casa solo, bueno solo del todo no, porque la hermana de Raúl me ha acompañado hasta la esquina, y he subido a mi casa, y cuando estaba subiendo las escaleras... entonces...

Me puse a llorar otra vez.

—Entonces ¿qué?

—Entonces... he visto a mi padre saliendo de casa con esa mujer...

—¿Y?

—Y la estaba besando...

3

Ya he dicho que yo lo único que quería era decir una mentira para ver qué pasaba, pero lo repetiré por si acaso no ha quedado claro: yo no quería fastidiar a mis padres, no tenía ningún motivo, ni malas notas, ni era un superespía que buscaba venganza, ni nada de nada. Era sólo una especie de prueba, una cosa de la edad. Eso de la edad lo dijo mi abuelo, que hagas lo que hagas siempre dice que es una cosa de la edad.

Un niño que se llamaba Fernando, o Fernandito, estaba delante de la mujer mosca, la mujer de Domingo, y empezaba a mentir.

Ya sé que soy yo, pero en realidad no puedo ser yo, porque yo soy yo, y no un mentiroso, ni un niño que se inventa cosas feas sobre su padre. Así que fue ese niño, Fernandito, no yo, el que mintió.

Mi padre estuvo sintiéndose mal mucho tiempo por culpa de lo que yo le había dicho a la vecina.

—¿Por qué, Fernando, por qué has dicho eso? ¿Por qué?

Los mayores, y especialmente los padres, piensan que hay que tener razones muy serias y muy razonadas para hacer las cosas.

—¿Por qué quieres hacernos daño, Fernando? ¿Por qué?

Los mayores deciden lo grave que es algo según tenga que ver con ellos o no. Cuando Fátima se cambió de pupitre y las cosas se pusieron tan raras con ella, y yo lo conté en casa, incluso se rieron. Pero si yo digo que mi padre ha estado besando a una mujer en la escalera, entonces se arma un escándalo terrible, y «este niño tiene problemas» y «a ver qué va a pensar la vecina» y «a ver qué van a pensar todos».

Me llevaron a un sitio que no parecía una clínica, pero que por lo visto sí era una clínica. Y allí había un psicólogo que no era un psicólogo, sino una psicóloga muy joven y muy guapa, y que me hizo muchas preguntas y me mandó dibujar muchas cosas.

—Dibuja una familia —dijo la psicóloga un día después de comer.

El profesor de dibujo casi siempre me suspende porque dice que no me esmero, pero la verdad no tiene nada que ver con eso del esmero; la verdad es solamente que se me da mal dibujar. No hay que darle tantas vueltas. Los profesores siempre están empeñados en que si algo no te sale bien es porque no pones interés, y a veces resulta que lo que pasa es que eres un negado para eso, como yo con lo del dibujo, y encima de que no sabes dibujar te están fastidiando con eso de que no prestas atención y de que no te esmeras. Ya sé que no lo hacen por fastidiar, que en el fondo lo que quieren es animar o ayudar o no sé qué, pero una cosa es lo que uno quiere y otra lo que hace. Más todavía con los profesores.

El caso es que como yo no sé dibujar personas, ni casi nada, en lugar de pintar un padre y una madre y unos hijitos o algo así, lo que hice fue pintar una casa. Pintar una casa es una de las cosas más fáciles de pintar de este mundo.

—Pero esto es una casa —dijo ella.
—La familia está dentro —respondí yo.
—¿Dentro?
—Sí, ¿no ves que sale humo por la chimenea? Están dentro.
—Ya. ¿Y cómo es esa familia?

Lo que yo me imaginaba. En realidad lo del dibujo era una trampa para hablar de la familia. Seguro que alguien, desde luego yo no, le había dicho que yo iba contando mentiras a los vecinos sobre mi familia.

—Pues es más bien una familia normal —dije—, un padre, una madre, un niño...
—Y el niño, ¿quiere a sus padres?
—Supongo.
—No estás seguro...

—Es que yo no conozco a ese niño.

—Pero ¿tú qué crees?

Yo lo que creía es que si le decía que no, íbamos a estar toda la tarde dándole vueltas al tema. Y al fin y al cabo, como no tenía ni idea de lo que pensaba el niño que vivía en la casa que yo había dibujado, y como además me daba igual, y como tenía la sensación de que si le decía que sí se iba a quedar mucho más tranquila, y como ya había empezado a mentir, y por otra pequeña mentira más no pasaría nada, pues la miré y dije:

—La verdad es que yo creo que el niño quiere muchísimo a sus padres.

Después de muchas visitas a la psicóloga, le prometí que nunca más volvería a decir una mentira, y mucho menos una mentira tan gorda como la de mi padre besando a una mujer en la escalera.

Por supuesto, estaba mintiendo.

Puedes preguntarme cien millones de veces por qué dije aquella mentira y yo te miraré muy fijamente y te hablaré de Arnold Schwarzenegger y de los miles de dibujos horribles que hice en aquella clínica que no parecía una clínica, pero a ver si te enteras de una vez que yo no tenía ninguna razón para mentir, porque en realidad no lo hice: no mentí. Fue Fernandito, un niño que es casi igual que yo, pero que es malo y que no soy yo.

Mi padre me decía:

—Estoy haciendo un tremendo esfuerzo por entenderte, Fernando.

Y me miraba como si estuviera haciendo un tremendo esfuerzo por entenderme, que es una forma de mirar para la que no hace falta entrenarse demasiado, sólo tienes que poner cara como de acabar de suspender las matemáticas, mover las cejas un poco, y sonreír como si lo último que te apeteciera en el mundo fuera sonreír.

Por si no tenía suficiente con lo de la mirada, se cruzaba conmigo por el pasillo y hacía como que tropezábamos por casualidad.

—Ah, no sabía que estabas aquí, Fernando, perdona...

Parecía triste, y yo no quería que mi padre estuviera triste. Le había explicado que yo no tenía ningún problema y que lo de la mentira había sido sólo una prueba, pero aun así seguía triste.

Y otro tropezón.

—No te había visto, Fernando, disculpa...

Ni siquiera me castigó. Creo que no quería hacer nada que me hiciera sentir mal, porque creo que él pensaba que yo me encontraba muy mal. Después, me enteré de que la psicóloga le dijo que me castigara, que no iba a pasarme nada porque me castigara, pero a pesar de todo él decidió no hacerlo.

Y otro.

—Perdona, Fernando, no me había dado cuenta...

Estuvimos tropezando por el pasillo un buen montón de tiempo.

Hasta que pensó que ya me había empujado bastante, o hasta que se aburrió de hacerlo.

Me regaló una pecera con un pez rojo y me dijo que lo había intentado, pero que no me entendía. Me lo dijo como si estuviera muy enfadado y yo tuviera la culpa de que él no me entendiera. Yo quería ayudarle, así que le dije que en ningún momento había intentado mentirle a él ni hacerle daño, y lo que era más importante, que me gustaría que siguiéramos yendo juntos al fútbol y al cine.

Era muy extraño hablarle así a un padre.

Se supone que son los padres los que dicen esas cosas a los hijos. Pero con todo esto de las mentiras y las verdades, yo ya me había hecho un lío y no estaba muy seguro de quién era quién.

Él lo único que me dijo fue que cuidara el pez y que le diera de comer.

4

Lo que le pasó a ese actor que le gusta tanto a mi madre, Robert Redford, y que tiene algo que ver con todo esto, no es verdad, porque le pasó en el cine, pero algunas noches me parece que yo soy Robert Redford y también que soy capaz de empezar a mentir y no parar durante quince años seguidos.

No es que para ser un verdadero mentiroso haya que ser como él, pero si has empezado a mentir, y luego has continuado, y lo que haces te da cien o doscientas patadas, y lo que hacen los demás ni te cuento, algunas noches, cuando tus padres te mandan a la cama y ellos se quedan viendo la tele, no está mal creerte que eres Robert Redford o su amigo Paul Newman. Así puedes mentir a gusto, o dar un timo a un grupo de gángsteres peligrosos de esos que van con pistolas debajo de la chaqueta, o sencillamente puedes no darle demasiadas vueltas al tamaño de la mentira que has dicho.

Robert Redford es uno de los mejores, y yo tengo un póster suyo y de Paul Newman en mi habitación; me lo regaló mi madre por mi cumpleaños. Es un póster en el que llevan sombrero y todo, y debajo pone: *Robert Redford y Paul Newman, dos grandes de Hollywood*.

Robert tiene como bombillas de colores en los ojos. Cuando Fátima vio el póster, dijo que era guapísimo. A mí al principio no me caía muy bien por eso, pero después vi una película en la que él y Paul Newman mentían a mucha gente, *El golpe*, y entonces Robert y yo empezamos a entendernos. Tiene las manos y las orejas y los pasos pequeños, como para pasar inadvertido y que nadie se dé cuenta de la mentira que ha dicho; pero sobre todo tiene los ojos medio cerrados, como dos huchas, para que nunca puedas saber lo que está pensando. Casi igual que los ojos de Fátima. Nadie en este mundo, ni en ningún otro que yo sepa, tiene los ojos más cerrados y abiertos al mismo tiempo, ni más peligrosos, que Fátima, lo cual no es un mérito suyo sino de su madre, que también anda por ahí engañando con su mirada a la pobre gente indefensa y despistada como yo.

Su madre siempre viene a buscar a Fátima a la salida del colegio; lleva vestidos rojos y amarillos, de esos que se pueden ver desde el polo Norte, así que enseguida se la distingue entre las demás madres. La mía no está, porque yo siempre voy en el

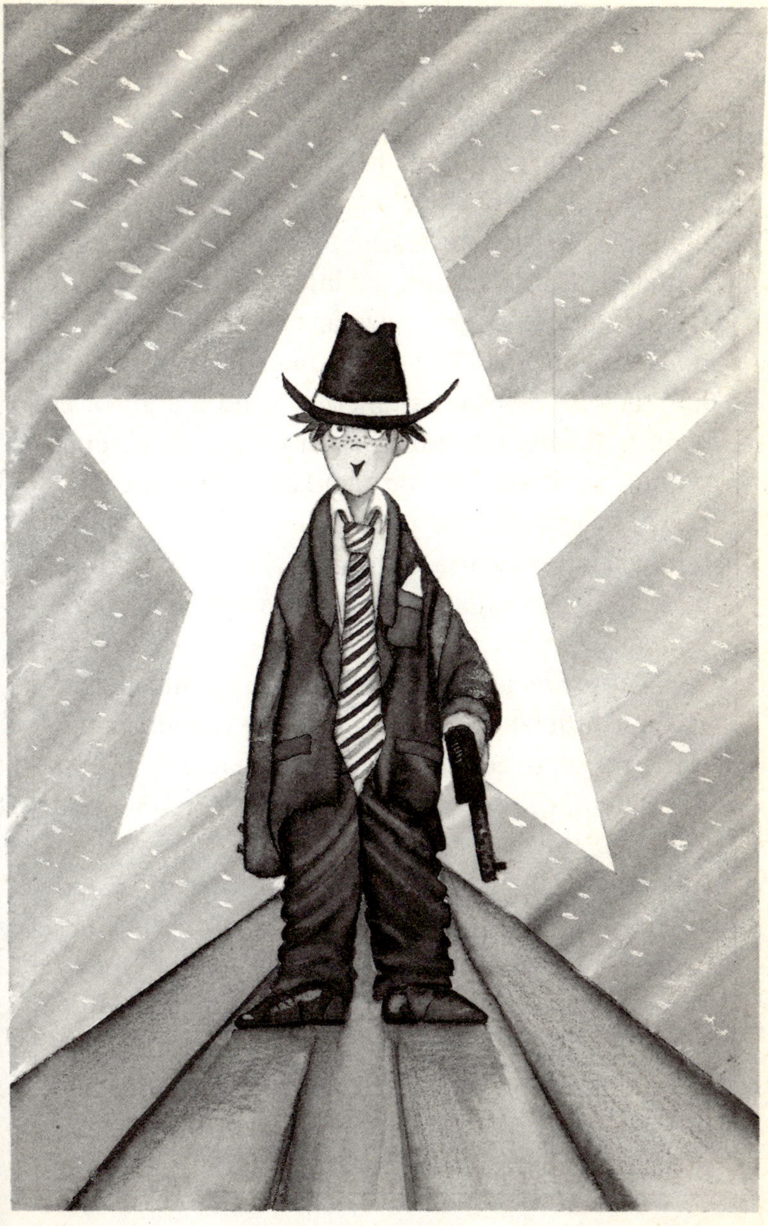

autobús de la ruta, pero aunque estuviera, seguro que también vería antes a la madre de Fátima.

A lo mejor se pone esos vestidos porque tiene miedo de que su hija no la vea. O a lo mejor se los pone porque le gustan.

Mi padre dice que sobre gustos no hay nada escrito. A Raúl le gustan las lagartijas disecadas; a García Canuto le gusta copiar en los exámenes; a mi hermano Paco le gusta estar encerrado en su habitación y contar su dinero... A mí me gusta el cine, y el fútbol, y me gustaba estar con Fátima, porque nos reíamos y no tenía que explicarle si lo que había dicho era verdad o mentira, y ahora también me gustaría estar con ella, pero uno no puede tener todo lo que quiere. Eso también lo dice mi padre.

A Fátima le gustaba ir al cine. Un día me lo dijo: «Me gusta ir al cine». Me lo dijo en voz alta, muy claro, no como esas otras veces en las que yo tenía que adivinar las cosas porque ella se ponía a decir tonterías o a hacer gestos muy raros que por lo visto significaban que estaba bien, o mal, o algo que yo tenía que adivinar. Las adivinanzas pueden llegar a ser un verdadero fastidio. Pero esto me lo dijo con palabras:

—Me gusta ir al cine.

Yo creo que si dices algo lo dices, y si no, haberlo pensado antes. Así que luego no me salgas conque te aburre ir al cine. El año pasado fuimos compañeros de pupitre durante cinco meses y medio, y en ese tiempo fuimos a ver treinta y cuatro películas sin contar las del vídeo ni las de televisión. Yo las apuntaba en una libreta de color verde. Ponía:

La familia Adams 2. Sábado por la tarde. Fátima se ha reído. Yo no.
Aladino. Viernes por la tarde. El genio le concede tres deseos a Aladino, y Aladino les miente a todos y se hace pasar por un príncipe.
Parque Jurásico. Viernes por la tarde. Me he asustado mucho y Fátima también, y me ha cogido de la mano.

Después de ver la película número treinta y tres, Fátima dijo:
—Estoy un poco aburrida de ir al cine casi todos los viernes y casi todos los sábados, Fernando.

Y después de ver la número treinta y cuatro, no dijo nada, pero no volvimos al cine nunca más. Bueno, yo sí que volví. Y seguro que ella también. Pero juntos, nunca más.

Pase lo que pase, nadie puede borrar de mi libreta esas treinta y cuatro películas buenas y malas que vi con Fátima. O a lo mejor sí. No sé si las cosas se estropearon por culpa del cine. No sé si las cosas se pueden estropear por culpa de Robert Redford. A Robert Redford no le vi en el cine, le vi en la televisión en *Cine cinco estrellas*, porque era una película vieja, aunque a mí no me habría importado ir a verlo al cine. Después de Schwarzenegger, es el mejor actor que dice mentiras que yo he visto.

En esa película de la que estaba hablando, *El golpe*, su personaje es un mentiroso, un timador, que quiere hacer un gran timo para vengarse de lo que le han hecho a un viejo amigo suyo. En el fondo es un buen chico, y tiene que huir de su barrio porque los malos quieren acabar con él. Esto demuestra que se puede ser un buen chico y decir mentiras al mismo tiempo. Hasta en la televisión dijeron que era una película que era un clásico y todo, y que se había llevado muchos *oscars*.

El caso es que Robert Redford se encuentra mal y conoce a Paul Newman y le pide ayuda para engañar a los malos, y entonces los dos se hacen muy amigos y se ponen a engañar a esos gángsteres con otros cuantos amigos que también son timadores y son muy majos. Una gran pandilla de mentirosos. Lo menos son treinta o cuarenta y, encima, le caen bien a la gente; bueno, menos a un policía que quiere detenerlos, pero que no lo consigue porque también a él le engañan.

Pobre Robert que se encuentra mal y por eso se

pone a mentir. Quiero decir que se encuentra mal por dentro, por la cabeza o por ahí, porque murió un viejo amigo suyo, y todo el mundo lo sabe, y Paul también lo sabe, y le dice: «Vamos a hacer algo bueno, algo bueno de verdad». ¡Y vaya que si lo hacen!

Y entonces alguien, un gángster de tres al cuarto que al principio parece un auténtico cabeza cuadrada y que luego resulta que es un auténtico cabeza cuadrada, llega y se cree todo lo que le dicen estos dos, y claro, le roban todo el dinero.

Qué van a pensar las asociaciones de padres y madres de alumnos, y el jefe de estudios, y López Soto, que es un empollón y que siempre saca buenas notas, y mis padres, qué van a pensar sobre una película donde los buenos mienten y mienten casi desde el primer minuto hasta el último. Pues a todos les encanta la película y la ponen en *Cine cinco estrellas*. Y les encanta Robert Redford, tan rubio y tan listo, mintiendo a todo el que se encuentra.

Quizá es porque no es su hijo y no tienen que cenar con él, y por eso le perdonan lo de las mentirijillas.

5

Morcillo dijo: «No jugás en equipo». Lo dijo así: «No jugás en equipo». Morcillo es el entrenador del equipo de fútbol de mi clase y, aunque se llama Morcillo, es argentino. Yo no. Yo soy de Madrid.

A lo mejor por eso no juego en equipo. O a lo mejor Morcillo es una cucaracha. Hay quien tiene miedo a las cucarachas. Mi madre, por ejemplo. Tiene muchísimo miedo a las cucarachas. Y también a los perros. Y a volar en avión. Yo tengo miedo a la electricidad. Preferiría un millón de veces viajar en un avión lleno de perros y cucarachas antes que cambiar una bombilla o arreglar un enchufe. De verdad, no comprendo cómo algunos niños meten los dedos en los enchufes. No sé por qué lo harán. Apostaría a que a mí nunca, ni siquiera cuando tenía dos o tres años y no sabía lo que hacía, se me pasó por la cabeza meter los dedos en ningún enchufe. A veces me gusta apostar. La verdad es que no tengo mucha suerte. De todos modos me gusta apostar. Le dije a Morcillo:

—Apuesto a que me vas a echar del equipo.

Y por una vez, gané la apuesta. Pero antes de que me echara, aún jugué varios partidos más.

Paco me acompañó un día a un partido. Jugábamos contra los de quinto y era uno de los primeros partidos del curso. Le presenté a Morcillo y a García Canuto, que además de copiar en los exámenes, como es tan gordo que ocupa casi toda la portería, también es el portero del equipo, y le presenté, además, a otros cuantos chicos. Después, se quedó sentado entre el público. En realidad no había mucho público. No había nadie, sólo los que estaban en el banquillo porque no jugaban. Y mi hermano Paco.

Fue un partido bastante movido, cada cuatro o cinco minutos nos metían un gol. Tenían un extremo zurdo que se pegaba la pelota al pie y era capaz de regatearse a todo el equipo. Le llamaban Chapi y yo creo que no jugaba mucho en equipo, pero nos metió ocho goles y nadie le echó en cara que fuera un chupón. Al final perdimos doce-dos y a mí me cambiaron en la segunda parte, así que tuve que aguantar a Paco sentado a mi lado y dando voces a los del otro equipo y al árbitro.

A la vuelta a casa me dijo: «Todos estos arbitruchos de pacotilla...». Fue lo único que dijo. Él iba conduciendo y pensé que estaba tan enfadado que nos íbamos a estrellar contra otro coche. Luego estuvimos toda la comida sin hablar del partido. En el postre mi madre dijo:

—Bueno, ¿qué tal han jugado los chicos, Paco?

Yo me atraganté cuando oí aquella pregunta y estuve a punto de salir corriendo.

Paco, sin embargo, no pareció ponerse nervioso.

—Son unos monstruos —dijo—. Han estado muy bien, pero han tenido al árbitro en contra.

Desde luego, era una mentira como una casa.

Éstas son las diez cosas que menos me gustan de Paco: que sea más alto que yo, que siempre vaya en chándal, que diga que soy muy pequeño para entender algunas cosas, que le gusten las mismas películas que a mí, que sea del Atlético de Madrid igual que yo, que me dé consejos sobre fútbol, que siempre diga que él a mi edad era campeón de atletismo del colegio, que se crea que de mayor quiero ser como él, que deje restos de crema y espuma de afeitar en el baño, y lo más importante: que sea mi hermano mayor.

Los amigos te cuentan sus cosas todo el rato y tú se las cuentas a ellos y, al final, te pasas el día contándote cosas que no sabes adónde van a parar. Raúl es mi amigo, y jugamos al fútbol juntos, y tiene un montón de lagartijas disecadas que a mí por supuesto me dan cien patadas. Aunque creo que no es de eso de lo que quería hablar, sino de las mentiras y las verdades que dije a los vecinos, a mis padres, a Raúl y también a Fátima.

Además, no creo que a Raúl le hiciera mucha gracia que empezara a contar aquí sus cosas. Y no es porque no sea gracioso. Es uno de los chicos más graciosos que he conocido en mi vida. No es de esos que se pasan el día contando chistes, solamente es gracioso y punto.

—¿Te crees muy gracioso, verdad? —le dijo un día el profesor de matemáticas a Raúl, que acababa de tirarle una pelota de papel a López Soto.

—No sé...

—Pues ahora vas a bajar al patio y vas a recoger todos los papeles que haya, y cuando termines, vas a volver aquí y vas a pedir disculpas a todos tus compañeros por haber tirado un papel al suelo.

—Pero es que no lo he tirado al suelo, se lo he tirado a López...

—¡Largo!

Cuando el profesor de matemáticas se enfada, se le nota porque grita mucho.

—¡Vete a recoger los papeles ahora mismo! ¡Ya!

Yo cuando me enfado no grito, no sé por qué, pero no me sale ponerme a dar gritos.

Después de que Raúl se fuera al patio, empecé a pensar que a mí las matemáticas no me gustaban nada, y que preferiría recoger tres mil bolas de papel del suelo que seguir allí dentro.

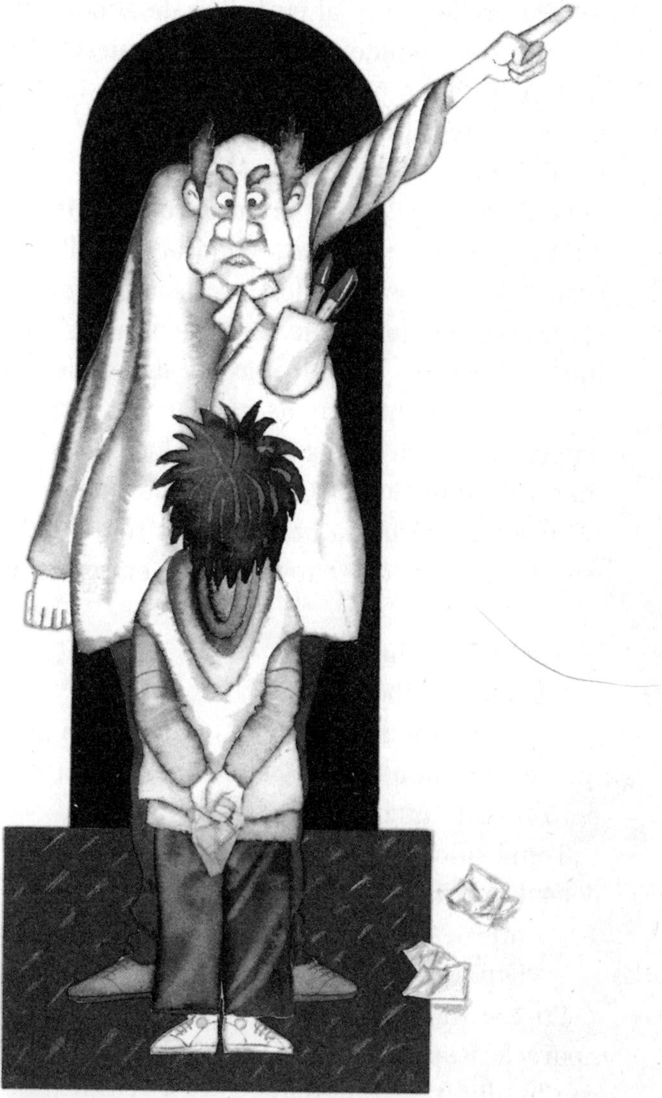

Así que hice otra bola de papel como la de Raúl y también se la tiré al empollón de López Soto.

Nunca he tenido muy buena puntería. Nunca he tenido mano para el dibujo, ni para hacer muñecos de plastilina, ni para tirar pelotas de papel, ni para nada.

Le di en la cabeza al profesor, que estaba de espaldas, escribiendo raíces cuadradas o diagramas o alguno de esos símbolos y cosas que escriben los profesores de matemáticas en las pizarras para demostrar lo poco que sabemos de esto y de lo otro.

Se dio la vuelta muy despacio y pensé que iba a empezar a pegar gritos como un loco. Estaba rojo, más rojo que García Canuto el día que le dieron un pelotazo en plena barriga, más rojo que las luces del letrero del bar que hay enfrente de mi casa...

—¿Quién lo ha hecho?

¿Quién lo había hecho?

Supongo que aquello no tenía ninguna gracia y que se me iba a caer el pelo. López Soto me miró, pero no dijo nada.

Tenía que levantarme y decir algo. Tenía que decir la verdad.

¿O no?

—¿Quién lo ha hecho?

En ese momento se abrió la puerta de clase y apareció Raúl y, como no sabía lo que estaba pasando, dijo tan tranquilo:

—Profe, está lloviendo y el director me ha dicho que no puedo salir al patio, ni a recoger papeles ni a nada. ¿Qué hago?

La clase estalló en risas.

—Te creerás muy gracioso —dijo el profesor.

6

Lo peor de ser un mentiroso no es lo mal que te sientes cuando dices una mentira, ni la cara que se te queda cuando te descubren, ni siquiera los castigos que te pueden poner; lo peor de ser un mentiroso es que no puedes parar de mentir.

También influye que cuando eres un niño tienes un montón de oportunidades para mentir.

Te preguntan tantas cosas, y te dicen tantas veces lo que tienes que hacer, que la verdad, te lo ponen muy fácil.

A mí me gustaba jugar al fútbol por eso. Porque en el equipo no había mentiras. O jugabas bien o no jugabas bien.

Estabas con el balón y entonces hacías algo bueno y dabas un pase, o hacías un regate, o metías un gol. Lo que fuera. O si no, perdías el balón y la fastidiabas. Y si la fastidiabas, todo el mundo veía que la habías fastidiado. Sin mentiras.

Yo jugaba de delantero centro, aunque era muy bajito para ser delantero centro, pero al menos sabía que una pelota era redonda y que para meter gol había que tirar a la portería.

No teníamos un equipo demasiado bueno, pero lo único que yo quería era jugar al fútbol y meter algunos goles. A pesar de que el entrenador Morcillo se esforzaba mucho, jugamos algunos partidos muy malos, malos de verdad. Como el de Navidad.

Fuimos al colegio San Andrés y allí había unos chicos de nuestra edad que jugaban al fuera de juego mejor que muchos equipos que yo he visto de primera división. Cada vez que Raúl o alguno de los gemelos Calle me pasaban el balón, el árbitro me pitaba fuera de juego. No me enteré de nada de lo que pasaba, y lo único que veía era a García Canuto sacar balones de dentro de nuestra portería.

Debió ser la mayor goleada de la liga intercolegial. Veintidós o veintitrés a cero. No me acuerdo seguro. De lo que más me acuerdo, es que a pesar de todo, cuando terminó el partido, los chicos del equipo contrario vinieron y nos felicitaron por haber jugado.

En el fútbol eso pasa muchas veces: o terminas a tortas, o si no, al final todo el mundo se está felicitando y diciéndose los unos a los otros lo bien que se ha jugado. No creo que tenga nada de malo. En un solo partido puedes llegar a oír veinte o treinta veces «Muy bien, muy bien», o «Muy mal, muy mal». No hay término medio.

Una cosa te lleva a la otra. Yo siempre había querido jugar como Romario o como Maradona, aunque a Maradona le he visto jugar menos veces y me parece que no jugaba de delantero centro. Y, además, siempre había creído que yo era un goleador de primera, uno de los mejores. Pero entonces un día piensas que acabas de jugar un partido malísimo y que a lo mejor no eres como Romario y que tu equipo no es como la selección brasileña. Y aunque no esté bien ponerte así, ese día ya estás dispuesto a pelearte con cualquiera que te recuerde que eres regular tirando a malo, porque además has oído en la radio y en la tele que Maradona era un genio y que por eso solía enfadarse con cualquiera del equipo que no le diera la razón, especialmente con los entrenadores y con los defensas grandes y brutos, con cualquiera que se empeñara en estropearle sus partidos mágicos.

Y luego apareció Raúl y me dijo que era un poco chupón y que a ver si le pasaba algún balón, y que el entrenador quería más juego en equipo y más toques, y también que quería que jugara su sobrino Mario en el equipo, que era delantero centro, y más alto que yo. Y lo único que pude hacer fue decirle que se marchara por ahí y que me dejara en paz.

O no se lo dije, pero él sabía que tenía ganas de decírselo. Y todo se estropeó un poco. Una cosa lleva a la otra, casi sin darte cuenta.

Hay gente que se cree que la odias. No lo entiendo. Yo no sé odiar. Puede que mi madre tenga razón y yo haya estado demasiado consentido. O puede que los psicólogos de la clínica se equivocaran cuando decían que en realidad yo era bueno. No sé.

Mario siempre recogía los balones después de los entrenamientos y los metía en las bolsas, y traía las *coca-colas*. A mí me parecía normal que él hiciera todo eso y que los demás no hiciéramos nada. Sin embargo, ahora pienso que también podía haber recogido yo los balones, o Raúl, o cualquiera. Mario es sobrino del entrenador Morcillo. Todos lo sabíamos. Por eso, recogía los balones y traía las *coca-colas*.

—A mí, *coca-cola light*, Mario, por favor.

Y él sonreía, y se iba a por una *coca-cola light*. Mario quería ser delantero centro del equipo y que nadie dijera que lo era porque su tío era el entrenador. Mario hacía tres o cuatro veces más cosas y trabajos que todos los demás chicos, para ganarse el puesto, y para demostrar que estaba allí por méritos propios.

A mí no me habría gustado que mi tío fuera el entrenador de mi equipo. Supongo que es una de esas cosas que no puedes elegir.

Cualquier día de éstos voy a ir a ver a Mario y le diré: «Mario, siempre has sido mejor delantero centro que yo».

Los psicólogos de mi colegio son los profesores de lengua y de inglés, y se pasan el día haciéndonos tests y otras tonterías y, luego, nos dicen cómo somos y también cómo vamos a ser de mayores si seguimos por ese camino.

No me gusta pegarme con chicos que son más bajos que yo, y menos aún con chicos que son más altos, porque casi todos los que conozco son más altos que yo. Raúl no. Es muy bajito y es uno de los pocos que se pone detrás de mí en la fila.

Le dije a Raúl que Fátima, que entonces se sentaba con él en clase, me había dicho que si el profesor la dejaba, le gustaría compartir el pupitre conmigo. Por supuesto no era verdad del todo, pero yo se lo dije así.

Había coincidido con Fátima en el supermercado el domingo por la mañana. Mi madre estaba haciendo cola en la pescadería, y yo tenía la misión de encontrar el pan integral. Buscar el pan puede ser una verdadera aventura.

—Tú estás en mi clase —dijo de pronto una voz detrás de los botes de mermelada de albaricoque.

Me di la vuelta y allí estaba Fátima. Era la primera vez que hablábamos. Había llegado nueva ese año al colegio y aunque estaba en mi clase, casi no nos habíamos cruzado ni una palabra hasta ese día. Reconozco que no se me da muy bien hablar con las chicas, excepto con Rosa, la hija de la mujer mosca, que también lleva gafas y que le gusta el fútbol y es del Atlético; pero eso es distinto.

—Sí... sí... —dije—, me siento en el segundo pupitre, detrás de López Soto.

Menuda tontería. A quién le importaba dónde me sentaba yo.

—Ya lo sé —respondió ella—. Yo me siento con Raúl, al lado de la puerta.

Y eso fue todo.

—Bueno, me tengo que ir —dijo—, mis padres me están esperando. Adiós.

Por nuestra conversación no había quedado muy claro que quisiera sentarse conmigo en clase, pero tampoco que no quisiera. Y eso fue más o menos lo que le dije a Raúl. Que a lo mejor se iba a sentar conmigo. A lo mejor, por qué no. Lo que no le dije es que era yo el que quería sentarme con ella, pero eso es lo de menos.

Raúl se lo tomó bastante mal. No con ella. Se lo tomó bastante mal conmigo. Estábamos en el quiosco del patio y nos acabábamos de comprar dos batidos de chocolate, y por la cara que puso, pensé que me iba a tirar el batido por la cabeza. Lo había visto en varias películas americanas, y también en algunas españolas, y casi siempre resultaba un poco ridículo. El caso es que normalmente la chica le tiraba la bebida al chico. O al revés. Nunca entre dos chicos. Pensé que Raúl era tan gracioso y estaba tan enfadado que a lo mejor se le ocurría tirarme todo el chocolate por la cabeza.

Antes de jugar en el equipo de fútbol de cuarto con Raúl y los demás, yo no jugaba en ningún equipo, y después de que el entrenador me echara por no jugar en equipo y por no ir a los entrenamientos, tampoco he vuelto a jugar en ninguna otra parte. Sólo en los recreos, y eso. No estoy seguro de que me guste jugar en un equipo. Fátima dice que lo importante es participar y pasarlo bien. Y que para pasarlo bien hay que hacer lo que a uno le gusta. Lo repite muchas veces porque no se da cuenta de que los padres y los profesores ya se encargan de decir esas cosas, y que todos las hemos oído alguna vez.

7

Gamboa era el chico más bruto de cuarto y siempre se metía con todos y hasta con los mayores.

Tenía una pandilla y una chica que no sé cómo se llama que era su novia.

Que yo sepa, era el único de cuarto que tenía novia. Era una novia de quinto, claro que él había repetido curso por lo menos dos veces y por eso muchas veces en los recreos iba con los de quinto y no con nosotros, y nos llamaba enanos.

También tenía un muro de piedra en el patio que era sólo suyo. En serio. Y en los recreos siempre se subía encima con sus amigos y nadie se atrevía a acercarse por allí. Los de su pandilla eran los que suspendían casi todas y los peores de cada clase. Eso lo dijo un día el jefe de estudios:

—Dios los cría y ellos se juntan.

Yo no digo que me cayera bien Gamboa y sus amigos, porque no eran buenos y se pegaban muchas veces con otros chicos que eran más pequeños y más mayores que ellos; yo sólo digo que a veces Raúl y yo les teníamos miedo, y no me gustaba tenerles miedo.

Un día, casi sin darme cuenta, estaba sentado en el muro de Gamboa, justo al lado de Gamboa, y estábamos los dos solos.

Desde que se había hecho dueño de aquel muro, todas las semanas a la salida de clase decía a alguien de nuestro curso que se subiera con él. Nadie sabía lo que pasaba allí arriba.

Las visitas al muro de Gamboa se habían hecho famosas y todos contaban muchas cosas que no sé si eran verdad o mentira, pero decían que se llevaba a algunos niños y los pegaba, y otros decían que los empujaba al otro lado del muro y que después se los llevaba a una guarida secreta, y que si subías allí ya no volvías nunca, y más cosas que ahora no me acuerdo pero que no eran muy divertidas.

Me dijo:

—Sube, enano.

Yo pensé en todas las cosas que decían de Gamboa y también pensé que lo mejor sería no subir, y salir corriendo.

Una cosa es lo que piensas y otra muy distinta lo que eres capaz de hacer.

Así que allí estaba yo, subido a su muro, y pensando en lo que me iba a pasar.

Gamboa estaba gordo, pero no como García Canuto. Gamboa estaba gordo y fuerte y, que yo hubiera visto, se había pegado por lo menos con quince o veinte chicos, y a todos les había podido. Llevaba tirantes para sujetarse la tripa y nunca traía los libros al colegio, ni una mochila ni nada de eso. Cuando salía a la pizarra y los profesores le preguntaban la lección, nunca tenía ni idea de lo que le preguntaban, y eso que estaba repitiendo. Raúl decía que le iban a echar del colegio. A él parecía que le daba igual no saberse la lección y que le suspendieran. Si un día se la hubiera sabido, creo que no se hubiera atrevido a contestar, porque entonces ya no habría sido Gamboa.

Su novia siempre llevaba un cuaderno rosa en la mano y decía que allí apuntaba los nombres de todos los chicos que había pegado Gamboa, y que nadie en nuestro colegio ni en ningún otro colegio había pegado a tantos chicos.

Me habría gustado que no hubiera pegado a nadie más y haberle podido decir que pegando a la gente un día se iba a meter en un lío. Pero siempre volvía a pegar a alguien, por cualquier cosa, porque le había mirado mal, o porque le daba la gana. A lo mejor, él ya sabía lo de que iba a meterse en un lío, pero le daba lo mismo.

Nunca me atreví a decírselo.

Gamboa estaba a mi lado en lo alto del muro y era el chico más bruto y más malo de todo el colegio y yo estaba muerto de miedo, pero no me atrevía a decir nada, ni siquiera a respirar muy fuerte.

Yo aún tenía nueve años y él acababa de cumplir doce, pero estábamos en la misma clase, y creo que a ninguno de los dos nos hacía mucha gracia estar en la misma clase.

Entonces me di cuenta de que al otro lado del muro había una calle muy grande con una valla de publicidad en la que ponía *Coca-cola, la chispa de la vida*, y que por allí no había ninguna guarida ni nada. Era una calle como cualquier otra calle, con gente andando, con bares, y con tiendas abiertas y otras que estaban cerradas. Gamboa me dijo que me sentara más cerca de él y yo por supuesto me senté más cerca de él. Allí estábamos los dos, sin decir nada, y yo trataba de poner cara de que todo aquello me parecía normal, y que no lo encontraba raro ni tenía miedo ni nada.

Sacó un cigarro de su cazadora y se lo encendió y me preguntó si yo quería uno.

Si no lo cogía, aquel grandullón iba a pensar que yo era un enano aún más enano. Y si lo cogía y se daba cuenta de que no sabía qué hacer con el cigarro, podía ser peor.

—No fumo —dije—, lo he dejado.

Gamboa se rió. Si consigues que un matón como Gamboa se ría, estás un poco más cerca de que no te zurre. Estuvo contándome todos los chi-

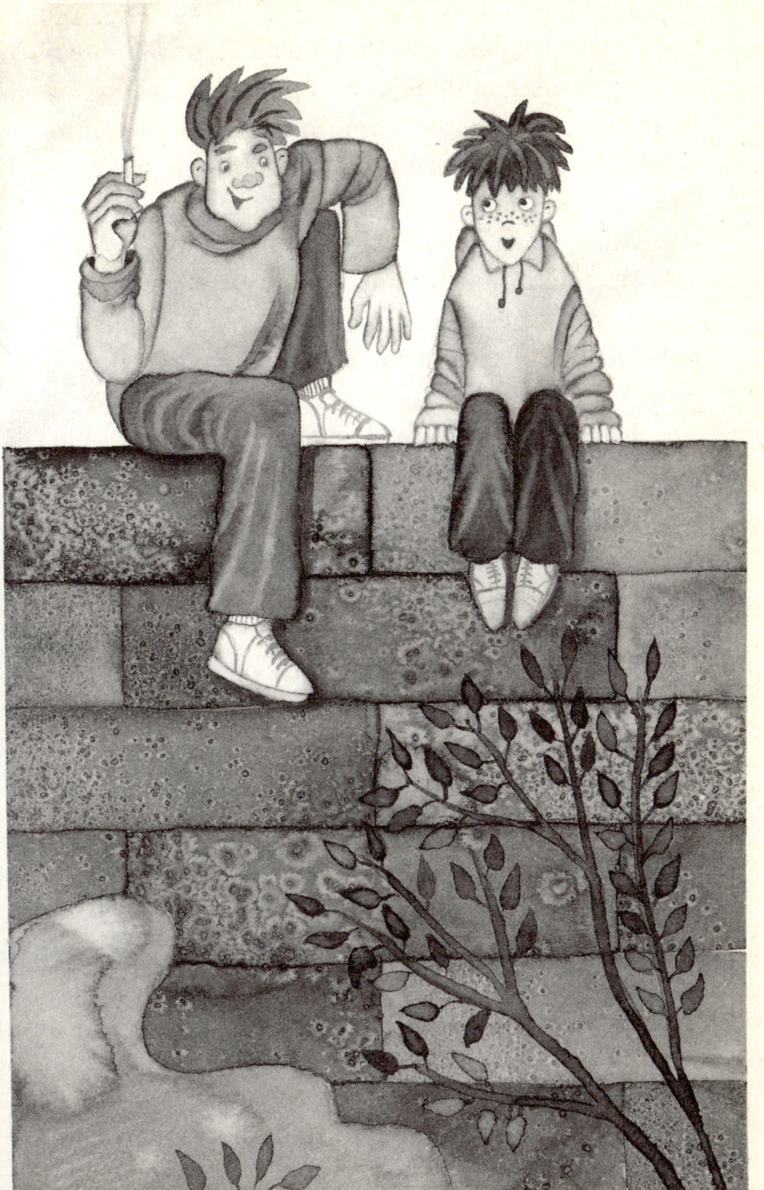

cos de cuarto, y de quinto, y hasta algunos de sexto y séptimo, empollones, y copiones, y del equipo de fútbol, y otro buen montón de idiotas, según él todos eran idiotas, que habían subido a su muro hasta aquel momento.

—Mira, enano —dijo—, a mi muro sube todo el que yo quiero, los que me caen bien y los que me caen mal, y hasta los que no me caen ni bien ni mal, que son la mayoría. Si yo lo digo, suben y ya está.

—Es que eres el único que tiene un muro —dije.

Estaba temblando un poco menos que al principio, pero seguía temblando.

—Soy el único que hace lo que le da la gana, enano —respondió él.

Me llamaba enano como si cada vez que dijera esa palabra se le llenara la boca de aire y se sintiera mejor o más importante. A mí no me parecía muy mal que me llamara enano, sobre todo porque allí no nos oía nadie, y también porque aunque me hubiera parecido mal iba a seguir haciéndolo. Empezó a hacerme preguntas una detrás de otra: —¿Cómo te tratan tus padres, enano? ¿Te dan una paga todas las semanas, enano? ¿Y esa Fátima, enano, qué pasa? ¿Por qué te has sentado con ella en clase, enano?

Gamboa seguía subido en su muro y yo le miraba sin atreverme a moverme.

«¿Qué estoy haciendo aquí, Gamboa? Me quiero ir a mi casa».

Él sonreía y en ese momento me di cuenta de que quería algo de mí y que por eso me había llevado hasta allí.

De pronto tuve muchísimas ganas de decirle algo. Decirle que si no me dejaba en paz iba a pegarle una paliza.

Yo era una buena persona y nunca había dicho nada parecido, y suponía que si decía algo así, todos, y Gamboa también, se iban a dar cuenta de que no era verdad y a lo mejor hasta empezaba a crecerme la nariz.

Creo que Pinocho fue siempre una buena persona y además era de madera y tenía dos botones en los ojos y por eso todos esperaban que se comportara como un muñeco y que no diera mucho la lata. Sólo que una vez se hartó y empezó a decir mentiras. ¿Por qué dices mentiras, Pinocho, si te va a crecer la nariz y todo el mundo se va a dar cuenta de que eres un mentiroso? ¿Es que eres tonto, o qué?

Puede que Pinocho deseara más que cualquier otra cosa en el mundo olvidarse de que era un buen chico, un muñeco de madera, y decir mentiras.

Cuando mi padre me leyó el cuento de Pinocho hace ya mucho tiempo, terminé muy enfadado con él porque me pareció un muñeco tonto. Mi padre me explicó que no hay que decir mentiras y que si no, me iba a crecer la nariz, y que Dios siempre te estaba viendo y sabía si estabas diciendo una mentira.

Nadie quiere ver a un muñeco tan simpático como Pinocho diciendo mentiras.

Seguramente el único que quería verlo era el propio Pinocho.

—¿Sabes por qué te llevas tan bien con los profesores? —me preguntó Gamboa.

Que yo supiera, no me llevaba bien con ningún profesor, pero como él se llevaba verdaderamente mal con todos ellos, pues veía las cosas de otro modo.

—Porque soy un buen chico —dije.

Gamboa se pensaba que yo era un muñeco de madera, pero lo que no sabía es que podía decir unas mentiras tan grandes como un estadio de fútbol o más, y que también podía decirle mentiras a él.

—No te hagas el listillo conmigo, enano. Siempre andas por ahí como si los demás te debieran algo y tuvieras muy mala suerte, llegando tarde a los exámenes y pidiendo perdón, o haciendo cosas así.

—Apuesto a que tú nunca pides perdón —dije.
—Apuesto a que no.

8

Lo que Gamboa quería era que le hiciera los deberes de lengua y las redacciones, porque decía que él no tenía tiempo, y porque yo siempre sacaba buenas notas en lengua, y porque le daba la gana.

Me dijo que si le hacía todos los deberes de lengua hasta final de curso, no me pegaría una paliza. Parecía un trato justo. Dije:

—De acuerdo, Gamboa.

Lo que Gamboa quería era una cosa, y lo que yo iba a hacer podía ser otra muy diferente. Además, lo que él no sabía era que yo le podía estar mintiendo, así que se quedó muy tranquilo.

Sólo quedaba una evaluación hasta final de curso, y justo aquel fin de semana había sido el primero en mucho tiempo que Fátima y yo no habíamos ido al cine. Normalmente íbamos a la sesión de las cuatro y a veces nos venía a recoger mi padre, y otras veces su madre. Ahora ya no nos iba a recoger nadie, porque no íbamos.

Cuando llegué a mi casa aquella noche tuve una sensación en la punta de los dedos de las manos y de los pies como si la culpa, casi toda la culpa de lo que estaba pasando, no fuera de Fátima, ni mía, sino de los matones como Gamboa que se creían que podían hacer lo que querían y no sólo se lo creían, además luego resultaba que era verdad.

De qué vale ser un buen chico, y jugar al fútbol, y estudiar para los exámenes, y esforzarte todo el rato, si después llegaba Gamboa y te decía lo que tenías que hacer, y si te chivabas y no hacías lo que él te había mandado, entonces eras un chivato y todos tus amigos sabían que ya no eras más que un chivato. Nada más que eso.

Me metí en la cama muy temprano, aún se estaba haciendo de noche detrás de *Los tres mosqueteros*, entre los agujeros de la persiana. Tengo toda la habitación llena de pósters de cine, y en la ventana está el de *Los tres mosqueteros*, que es una película que yo ya vi hace tiempo en la tele, pero que después hicieron otra versión con otros actores y todo, y la estrenaron en el cine, y el póster es de la versión nueva.

Por detrás de las espadas de los mosqueteros entraba la luz de la calle. A Fátima no le gustan mis pósters de cine, le importan tanto como los nombres de los reyes visigodos, o menos todavía.

No podía dormirme por culpa de Gamboa, por

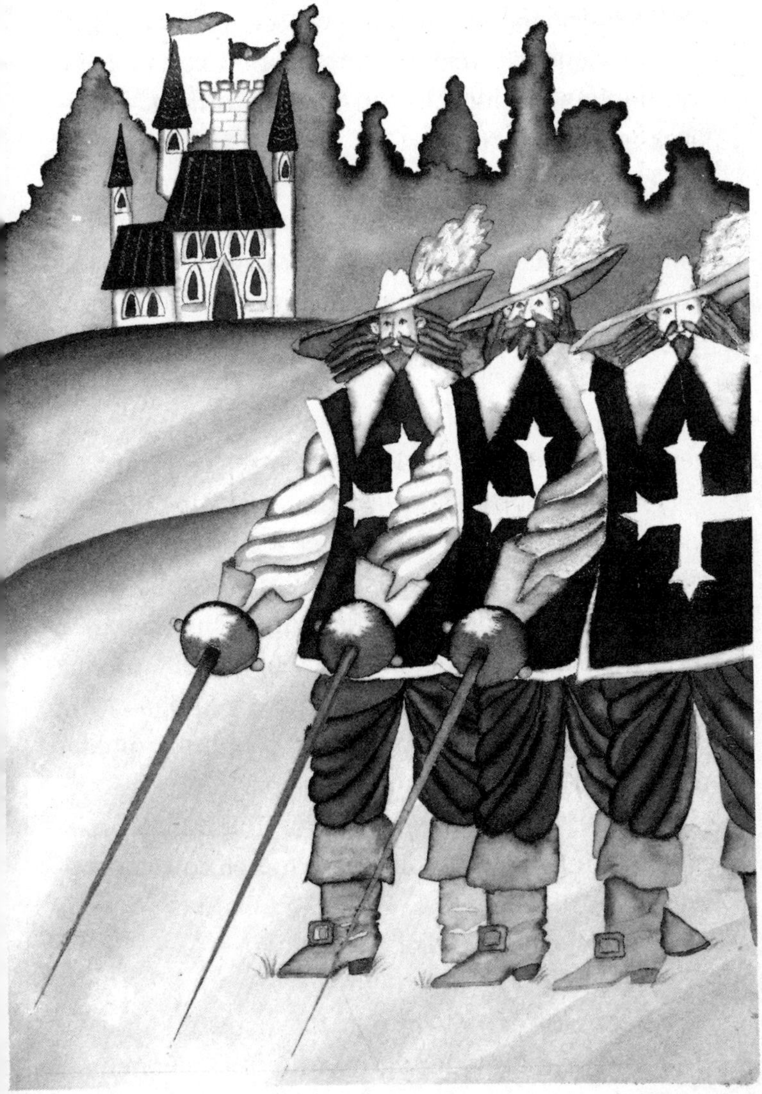

culpa de sus redacciones de lengua y su mirada de perdonavidas y la que me esperaba si no le hacía caso. No podía dormirme, pero en lugar de quedarme viendo la tele o jugando a cualquier cosa, me había acostado más pronto que nunca, no me preguntes por qué.

Tendría que hacer los deberes para Gamboa. Me preguntaba cuántos chicos de clase estarían haciendo los deberes para él. A lo mejor yo era el único y si se los hacía bien me encargaba más cosas, y me convertía en una especie de fábrica de hacer deberes.

Estaba visto que Gamboa no quería repetir otra vez y se lo había tomado muy en serio.

No me había lavado las manos, ni los dientes. Me había metido en la cama enseguida y no quería salir de allí nunca más. Diría que estaba malo, malísimo, y los dos meses que quedaban de curso me los pasaría en la cama. Lo malo es que me iba a perder los partidos de fin de curso y la liga ahora estaba muy emocionante: aún podíamos quedar penúltimos si ganábamos algún partido.

Había estado hablando con Fátima aquella misma mañana. Empezó diciendo que ella nunca había dicho una mentira.

—Alguna habrás dicho —dije yo.

—Bueno, sí...

—Lo ves. Todo el mundo ha dicho alguna vez una mentira, aunque sea una mentira pequeña.

—Mi mentira es un poco grande.

Primero no había dicho ninguna mentira, y a continuación resultaba que sí, y que además era una mentira grande. En qué quedábamos.

—Pues cuéntamela —dije yo.

—Te la cuento si me prometes que no te vas a enfadar y que no se lo vas a decir a nadie.

Claro que se lo prometí. Entre mentirosos, las promesas se hacen enseguida, sin pensarlo dos veces.

—Fue el otro día —empezó Fátima—, el sábado pasado, cuando te dije que no podía ir al cine contigo porque tenía que ir con mi madre de compras.

—Sí. Tenías que ir con ella porque necesitaba alguien que la ayudara, y tu padre tenía gripe, y no le quedaba leche ni aceite ni casi nada...

—Bueno, sí, todo eso —dijo Fátima—. Pues era mentira.

—¿Qué quieres decir? ¿El qué era mentira? ¿Lo del aceite o qué? No te entiendo, ¿qué quieres decir?

—Quiero decir que te mentí. Que no fui con mi madre de compras ni fui con mi madre a ningún sitio... y ya está.

Fátima me había mentido.

En *Los tres mosqueteros*, la reina engaña al rey y al cardenal, ese francés que es tuerto. Les miente, pero como es la reina, si se descubre que los ha engañado se puede armar una gordísima, así que hay que hacer algo para que el rey no se entere.

Y entonces aparecen los mosqueteros y también D'Artagnan, que no es un mosquetero pero que está dispuesto a hacer cualquier cosa para que le dejen serlo.

Así que la mayor parte de la película, los mosqueteros se la pasan buscando un collar que la reina tiene que ponerse en una fiesta. Por lo visto, si no se pone ese collar, el rey va a darse cuenta de que es una mentirosa.

Los mosqueteros hacen un viaje muy peligroso hasta Inglaterra y se pelean con los hombres del cardenal. Una vez allí, cogen el collar y lo vuelven a llevar hasta Francia. Luego ocurren más cosas y hay una mujer que les roba el collar a ellos, y luego lo vuelven a recuperar, y a perder, y así varias veces.

Pero al final, como son los mejores luchando con espadas y no hay quien les pueda, y son todos para uno y uno para todos, pues consiguen que la reina tenga su collar y que los mosqueteros sigan defendiendo el honor de todos los buenos del país.

Además D'Artagnan es nombrado mosquetero especial o algo así.

El caso es que la reina es un poquillo mentirosa, y el rey no se entera de nada poque los mosqueteros consiguen devolver el collar a tiempo. Pero son buenos y el único malo es el tuerto, que se cree que va a ganar a unos espadachines tan buenos como D'Artagnan y sus amigos.

A mí los mosqueteros me caen muy bien.

Miré a Fátima y le pregunté:

—¿Por qué me has mentido?

Se encogió de hombros. Yo pensé que a lo mejor resultaba que era una mentirosa redomada. O a lo mejor sólo lo había hecho por lo que decía mi abuelo, porque era una cosa de la edad.

—Entonces, ¿dónde estuviste el sábado? —dije.

—Estuve dando una vuelta. Perdóname.

—¿Una vuelta con quién...?

—¿Qué más da eso? Ya te he dicho que me perdones por haberte dicho una mentira.

—Con Raúl, seguro que estuviste con Raúl.

Las chicas que yo he conocido han sido muy pocas, así que seguramente por eso no las entiendo. Fátima dijo:

—No lo entenderías... Estuve con Gamboa.

9

Al principio, Fátima y yo nos reíamos de Gamboa y de su pandilla de matones y de su muro de piedra, y nos reíamos de muchas más cosas. Ya ves cómo me río ahora.

Yo qué sé de lengua. Ni de escribir redacciones. No sé nada de nada, y lo único que he sabido hacer bien es decir mentiras.

Le dije a mi madre que me encontraba muy mal y que no podía ir al colegio, que estaba malísimo y que me dolía la cabeza y que estaba muy cansado. Mi padre dijo que había una epidemia de gripe en la oficina. Mi hermano dijo que en la televisión habían dicho que ese año había un brote de gripe tardía. Y al final mi madre dijo que me quedara en la cama y que no fuera al colegio.

Quería pensar lo que le iba a decir a Gamboa: «Está bien, acepto, me rindo, estoy muy asustado y voy a hacer todas la redacciones del mundo que me pidas, pero, por favor, no te lleves a Fátima, es que si haces eso me voy a quedar muy triste y no voy a saber qué hacer, además tú para qué la quieres si ya tienes una novia de quinto que lleva la cuenta de todos los chicos a los que zurras. Ya verás qué bien te voy a hacer los deberes, pero tú deja a Fátima en paz. Si quieres una redacción o doscientas redacciones, yo te las escribo, es un placer, me encanta hacerlo, ¿necesitas algo más? Soy un gusano, un enano, lo que tú prefieras, no me importa... pero deja a Fátima tranquila, por favor».

A mí qué me importaba decirle cualquier cosa.

Cuanto más bruto eres, menos mentiras tienes que decir. Si a mí algo me parece mal, muchas veces me tengo que callar y decir que me parece muy bien; pero Gamboa, no. Si algo le parece mal lo dice, y el que no esté de acuerdo que se prepare para recibir mil o dos mil puñetazos.

De todas formas, iba a conseguir mis redacciones y mis mentiras. Y lo iba a conseguir a base de amenazas.

Por la fuerza.

Todos terminamos diciendo unas cuantas mentiras.

Hasta el propio Aladino de la lámpara maravillosa, que cuando se pone a ser simpático y agradable no hay quien le gane, hasta él se hizo pasar por un príncipe cuando en realidad era un chico de la calle, casi un vagabundo. Y todo por llevarse a la princesa. Claro que, después, ella le descubre y se enfada mucho... y, sin embargo, le da otra oportunidad para que sea él mismo.

¿Quién quería una segunda oportunidad? Yo quería la primera oportunidad, no la segunda.

¿Quién quería ser el chico de cuarto curso que mejores redacciones escribía si eso para lo único que me servía era para que Gamboa me obligara a escribirle sus redacciones?

Sabía lo que diría mi hermano si le contaba lo que me pasaba:

—Si quieres, escríbelas, y si no, no lo hagas.

Fátima vino a verme a mi casa al día siguiente.

Acababa de llegar y estaba en la cocina, con los ojos medio cerrados como siempre, y con una camiseta amarilla muy parecida a los vestidos amarillos que llevaba su madre. La estuve viendo desde el pasillo, mientras hablaba con mi madre. También estaba Raúl; habían venido los dos a verme. Yo iba en pijama y se suponía que estaba malo, y por eso no había ido al colegio.

Rápidamente volví a mi habitación y me metí en la cama. Cuando mi madre se asomó, me hice el dormido. No quería ver a nadie, no sabía qué decirles, no tenía ganas de ver a la mentirosa de Fátima.

Cuando tienes miedo y te metes en la cama, parece como si estuvieras protegido, o como si allí no te fuera a pasar nada; ya sé que es una tontería, pero estoy seguro de que le pasa a mucha gente.

Los monstruos y los fantasmas y los Gamboas se quedan fuera de la cama y dan vueltas a tu alrededor, pero no te pueden coger, porque estás muy bien tapado con las sábanas y con las mantas y con la colcha, tapado hasta las orejas, escondido.

Mi madre les dijo a Fátima y a Raúl que yo estaba dormido, y los acompañó hasta la puerta, y también les dijo que tuvieran cuidado porque había una epidemia de gripe muy contagiosa.

Uno se cree que puede engañar a mucha gente, y que eres el más listo, y que eres un gran mentiroso, y de pronto descubres que hay algunas personas a las que no puedes mentir.

Después de que se fueran, mi madre entró otra vez en mi habitación.

Recogió el vaso de leche que yo me había tomado un rato antes.

Yo estaba malo, y además estaba dormido, en mi cama. Pero mi madre se puso a hablar en voz alta, no muy alta, lo suficiente como para que yo la escuchara:

—Ya sé que estás dormido Fernando, y que tienes que dormir mucho para ponerte bien —dijo, y se sentó en la silla de mi escritorio—. Si estuvieras despierto, te diría que cerrando los ojos no se arreglan las cosas, y que la única manera de ver lo que pasa es abriendo los ojos. Eso es lo que te diría si pudieras oírme.

Yo seguí haciéndome el dormido, procurando

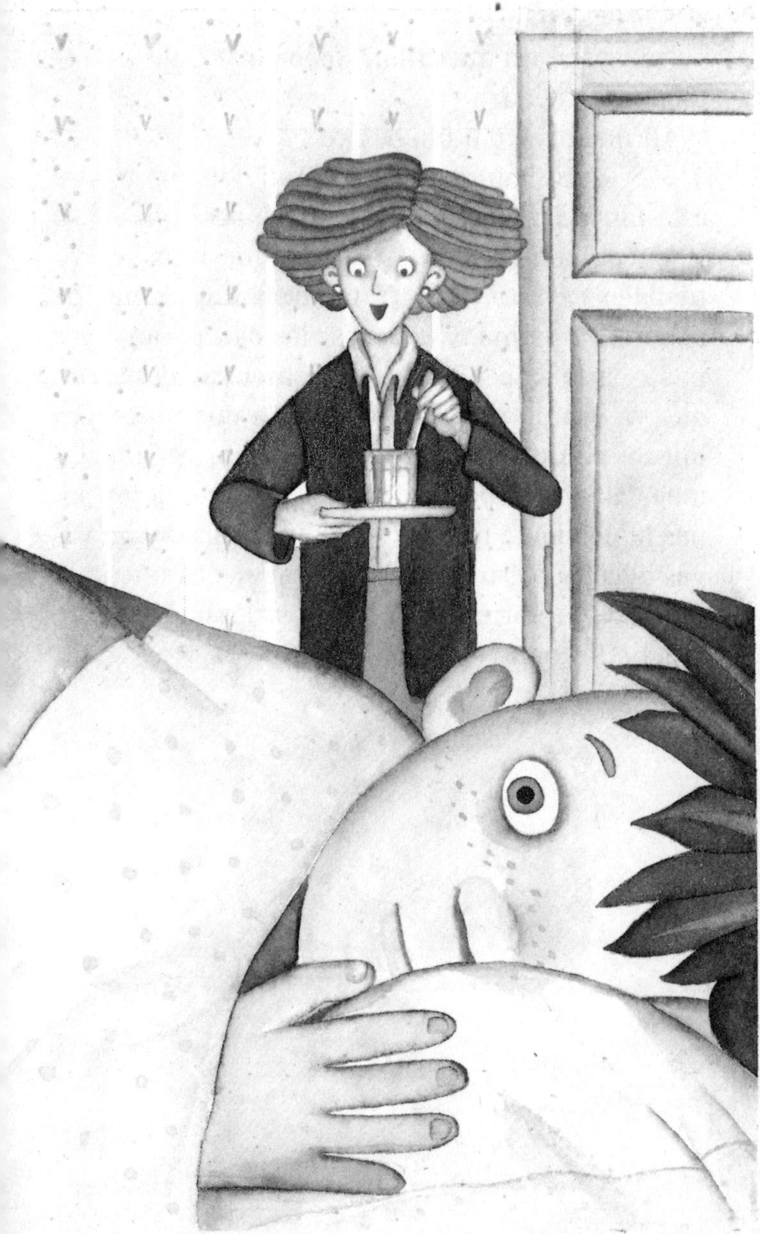

no mover ni un músculo. Notaba que cada vez estaba más rígido.

Mi madre siguió hablando:

—Sé que algunos niños piensan que una madre está muy bien para algunas cosas, pero que no se le puede contar todo. Lo sé porque una vez yo también tuve tu edad. Y también tuve ganas de ponerme enferma, y de cerrar los ojos para no ver nada de lo que pasaba... Si estuvieras despierto, que ya sé que no lo estás, te diría que no tengas miedo, porque si abres los ojos vas a ver mucho mejor lo que te pasa. Cada vez que te quieras poner malo, ponte malo, y quédate en casa, y no vayas al colegio. Tú decides. Pero al menos inténtalo antes de rendirte. Abre los ojos, Fernando, abre mucho los ojos.

10

UNA vez le regalé un pez rojo y pequeño a Fátima. Lo primero que hizo ella fue ponerle un nombre: Claudio. Me pareció un nombre muy grande para un pez tan pequeño: Claudio.

Yo había tenido muchos peces rojos, pero nunca les había puesto nombre. Un pez sólo espera de ti que le des de comer. No es como los perros y los gatos, que además esperan que les des compañía y caricias y juegos y hasta un nombre.

Con un pez todo es mucho más sencillo. Sólo tienes que darle de comer, ni siquiera ponerle un nombre tonto: Claudio.

Fátima y yo nos lo pasábamos muy bien juntos.

No sólo por lo de ir al cine.

Es la única chica que yo he conocido que no me importaba que leyera mi diario y mis redacciones antes de entregarlas en clase.

Nos gustaba ir al *burger* después de salir del cine. Pedíamos una de patatas grande y estábamos un montón de tiempo hablando sobre las películas que habíamos visto, y sobre las películas que íbamos a ver. Estábamos tan contentos que incluso decidimos que cuando fuésemos mayores haríamos películas juntos. Ella sería la actriz y yo dirigiría la película, aunque ella también quería dirigir, pero no se puede hacer todo a la vez, que yo sepa. Fátima decía que sí, que ella haría las dos cosas. Muchas veces parecía que quería hacer todo.

Las mentiras más tontas y más feas y más inútiles que dije en todo el año fueron las de las agencias de viajes. Cogía las páginas amarillas y llamaba a las agencias de viajes y pedía información sobre viajes a sitios que estaban muy lejos, como Australia o Japón.

—¿Cuánto tarda el avión a Australia?

—Pues depende, señor... Casi cuarenta horas, contando las escalas.

—¿Y quedan muchos canguros en Australia? Supongo que habrá canguros, porque mi padre y yo queremos ir a un sitio donde haya canguros de verdad. Si no, no vamos.

Y luego se daban cuenta de que era una broma y me decían alguna cosa desagradable y me colgaban.

Lo hice varias veces: Australia, China, Suráfrica, Hong Kong. No siempre preguntaba lo de los canguros, claro.

A lo mejor tenía ganas de verdad de irme a esos

sitios. O a lo mejor sólo era por hacer el gamberro. Si vuelvo a ver a la psicóloga, se lo contaré a ver qué piensa ella.

Lo único que quiero decir sobre el pez que le regalé a Fátima es que lo peor era que tuviese un nombre. Si me regalas una planta, yo no la voy a llamar Eloísa o Lola. La llamaré planta, no sé si me entiendes.

¿Quién era ese Claudio?

Cuando le puse el nombre al pez, empecé a pensar que ya no nos entendíamos y que algo malo iba a ocurrir. Algo tan malo como que dejásemos de sentarnos juntos en clase o que ya no quisiera ir al cine más veces conmigo.

Pero antes de que eso pasara, que iba a pasar, yo quería cambiar algo. No me iba a quedar tan tranquilo mientras Gamboa se iba con Fátima y a mí me obligaba a hacerle los deberes.

¿Era un pez o una persona?

Mi madre había dicho una cosa que yo no sabía muy bien lo que quería decir: «Abre los ojos».

Lo había dicho en voz alta, aunque se suponía que yo estaba dormido.

11

Esto es lo que ocurrió:

Salí de la cama y pensé: «Voy a decir la verdad».

«Voy a abrir mucho los ojos y voy a decir la verdad, toda la verdad y nada más que la verdad».

Le iba a soltar a Gamboa lo que pensaba de él y de sus amenazas: «No puedo, lo siento mucho, de verdad, no puedo hacer tus redacciones porque bastante tengo con hacer las mías, y si no te parece bien, peor para ti, porque ya no te tengo ningún miedo».

No podía dejar de pensar: «Si quiere una redacción, que se la escriba él. Que se fastidie. Que aprenda él a escribirlas. Que aprenda él a decir mentiras y que no lo arregle todo a base de tortazos. Puede que ahora mismo Fátima se esté riendo en algún sitio y que haya ido al cine con cualquier chico más alto y más mayor que yo. No puedo dejar de pensarlo. No me lo puedo quitar de la cabeza. Así que le voy a decir lo que pienso a Gamboa. Voy a decírselo de verdad de la buena».

Sé lo que había dicho y sé lo que estaba pensando, y puedo asegurar que lo iba a hacer, que le iba a decir a Gamboa todo lo que pensaba de una vez, sin mentiras. Pero antes quería saber qué había dentro de la cabeza de Fátima.

Los caballeros de la Edad Media se batían en duelo por sus damas y tenían unas lanzas enormes en las que ataban pañuelos y velos rosas y verdes y otros muy cursis. Eran los pañuelos de sus chicas. Si Fátima me diera un pañuelo, yo creo que sería de color amarillo. Como los vestidos chillones de su madre.

Antes de salir de casa, llamé por teléfono a Fátima. Tenía que saber si ya no quería sentarse más conmigo y si quería cambiarse de pupitre. Tenía que saber si podía contar con ella.

Contestó su madre.

—Hola, ¿está Fátima?

—No, ya se ha ido al colegio. ¿Quién eres?

¡Cómo que quién era! ¿Tantos chicos llamaban a Fátima a su casa? ¿Cuántos además de mí? Supongo que Gamboa, y a lo mejor también Raúl, y puede que todos los chicos del colegio, y todos los chicos del mundo.

—Soy Fernando, y hoy le voy a decir la verdad a todo el mundo pase lo que pase —dije.

—Ah, Fernandito...

—No, Fernandito, no; hoy soy Fernando. Y no tengo más remedio que decirle que cuando salgo de clase por las tardes, a la primera que veo siempre es a usted, porque lleva unos vestidos tan horribles y de unos colores tan fuertes, que es imposible no verla... Llevo todo el año viendo sus vestidos, y creo que tenía que decírselo. Ésa es la verdad.

—Fernandito, ¿qué te pasa?

—No lo sé, no estoy seguro, pero me siento muy bien. Ahora la tengo que dejar, señora, tengo muchas cosas que hacer. Buenas tardes.

El dieciocho de abril sería recordado en el colegio durante muchos años. El día que Fernando le dijo toda la verdad a Gamboa: «Mira, Gamboa, ya está bien. Creo que has repetido curso aposta para ser el más grande y el más bruto de la clase, y creo que porque seas el único que tiene un muro no puedes ir por ahí empujando a todo el mundo, y además tu muro ni siquiera es un verdadero muro, es sólo una valla...».

El dieciocho de abril no lo olvidaría nadie, pero menos que nadie Gamboa.

Gamboa siempre llegaba al colegio un buen rato antes de clase, y se apoyaba en la puerta delante de todos. Entonces su novia llegaba corriendo con el cuaderno rosa, y otros chicos de quinto también se acercaban a él y cuchicheaban y se reían y a lo mejor hacían planes para ver a quién pegaban ese día. Ése era el momento en que yo me iba a acercar y a decirle delante de todos lo que pensaba.

Estaba decidido y no había más que hablar.

Sólo hay un dieciocho de abril. Ése iba a ser mi dieciocho de abril.

De camino al colegio entré en una tienda de ultramarinos que desde el año pasado ya no se llama tienda de ultramarinos, sino *Supermercado Express*.

Cogí un donuts de chocolate y una palmera de chocolate y un bucanero, que es un bollo de chocolate relleno de chocolate.

Al ir a pagar, la cajera me dijo:

—Te gusta el chocolate, ¿eh?

Las cajeras a veces quieren hacerse las simpáticas y parecen un poco tontas, ¡peor para ellas! Dije:

—Mi nombre es Fernando, el mes que viene cumplo diez años y hoy sólo voy a decir la verdad.

—Pues la verdad es que me debes doscientas veinte pesetas —respondió ella.

—La verdad es que me caía mejor Andrés que tú —dije yo.

Andrés era el dueño del ultramarinos y era bastante viejo y preparaba unos bocadillos de jamón y queso que no estaban demasiado buenos, pero a veces se olvidaba de cobrarte, y otras veces decías que se te había olvidado a ti el dinero en casa y al final casi nunca le pagabas. A lo mejor por eso tuvo que cerrar la tienda.

La cajera del *Supermercado Express* dentro de unos años podría decir que había visto a Fernando atiborrarse de chocolate el dieciocho de abril, unos minutos antes de decirle la verdad a Gamboa.

Me comí los bollos de chocolate y subí al colegio.

Esto es lo que ocurrió:

Al final de las escaleras había un montón de chicos y de profesores haciendo corrillo. Normalmente no había tantas personas allí, y cuando vi a toda aquella gente, supuse que algo no iba a salir como yo había pensado.

Al fondo vi al jefe de estudios y al director del colegio y al profesor de matemáticas... que se llevaban a Gamboa. No sabía dónde se lo llevaban, pero seguro que no tenían cara de irse de excursión.

—Te lo has perdido, Fernando —dijo Raúl al verme—. Ha sido increíble.

—¿Por qué se llevan a Gamboa? —pregunté—. Tenía que decirle una cosa.

Y Raúl me contó que el gordo García Canuto se había acercado a Gamboa y delante de todos le había dicho que no iba a seguir haciéndole los deberes de matemáticas, y por lo visto se lo había dicho gritando y muy nervioso, y había gritado tanto que Gamboa le había dado un puñetazo y a García Canuto le había empezado a salir sangre por la nariz, y había llegado el jefe de estudios y se había enterado de todo, y el gordo estaba en la enfermería, y a Gamboa se le iba a caer el pelo. Y todo eso acababa de pasar mientras yo me comía una palmera de chocolate.

A veces, un minuto o dos minutos pueden ser más importantes de lo que parecen.

Al menos una cosa era segura: el dieciocho de abril no había sido un día cualquiera.

12

Anoche soñé que era mi cumpleaños y que volvía a cumplir diez años y que a la fiesta venían D'Artagnan y los mosqueteros, y unos cuantos amigos suyos de París, y traían unos sables preciosos, recién afilados, con empuñaduras de plata, para batirse en duelo con cualquiera que tuviera ganas.

Era una buena fiesta y un buen sueño. Si tenías suerte, podías clavarle el sable a media docena de hombres del cardenal, ese tuerto, antes de que llegase el numerito de la tarta y las velas y el cumpleaños feliz y todo lo demás.

Probablemente nunca en mi vida me pelearé con nadie que tenga un sable o una espada.

Esas cosas sólo pasan en los sueños o en las películas.

Echaron a Gamboa del colegio y el director dijo muy serio:

—Cada uno escribe su propio destino.

Eso lo dijo en el salón de actos, porque nos llevaron a todos allí para decirnos que echaban a Gamboa del colegio para siempre. Por lo visto, no era una cosa que ocurriera todos los días y había que hacerlo oficial, en plan serio y todo eso.

Allí estaban, subidos en el escenario, el director y un montón de profesores. El que no estaba por ningún sitio era Gamboa. Todos hablaban de Gamboa, y él no estaba por ninguna parte.

García Canuto se convirtió casi en un héroe nacional. Ahora es un gordo muy respetado, y ya nadie le llama gordo. Me alegro por él, porque así a lo mejor deja de copiar en los exámenes y yo no tengo que mentir por su culpa.

Después hubo más cambios en nuestra clase. El jefe de estudios dijo que estábamos en el momento más importante del curso y que era hora de cambiarnos de sitio, y de que cada uno ocupara el lugar que le correspondía en la clase.

A Fátima la sentaron con García Canuto. Desde luego, era un gordo con mucha suerte.

A mí me pusieron delante, al lado del empollón López Soto; a ver si se me pegaba algo.

Después de cambiarnos de sitio, el jefe de estudios puso cara de haber arreglado el mundo y se quedó muy contento.

—Esto ya es otra cosa —dijo, y sonó el timbre del recreo.

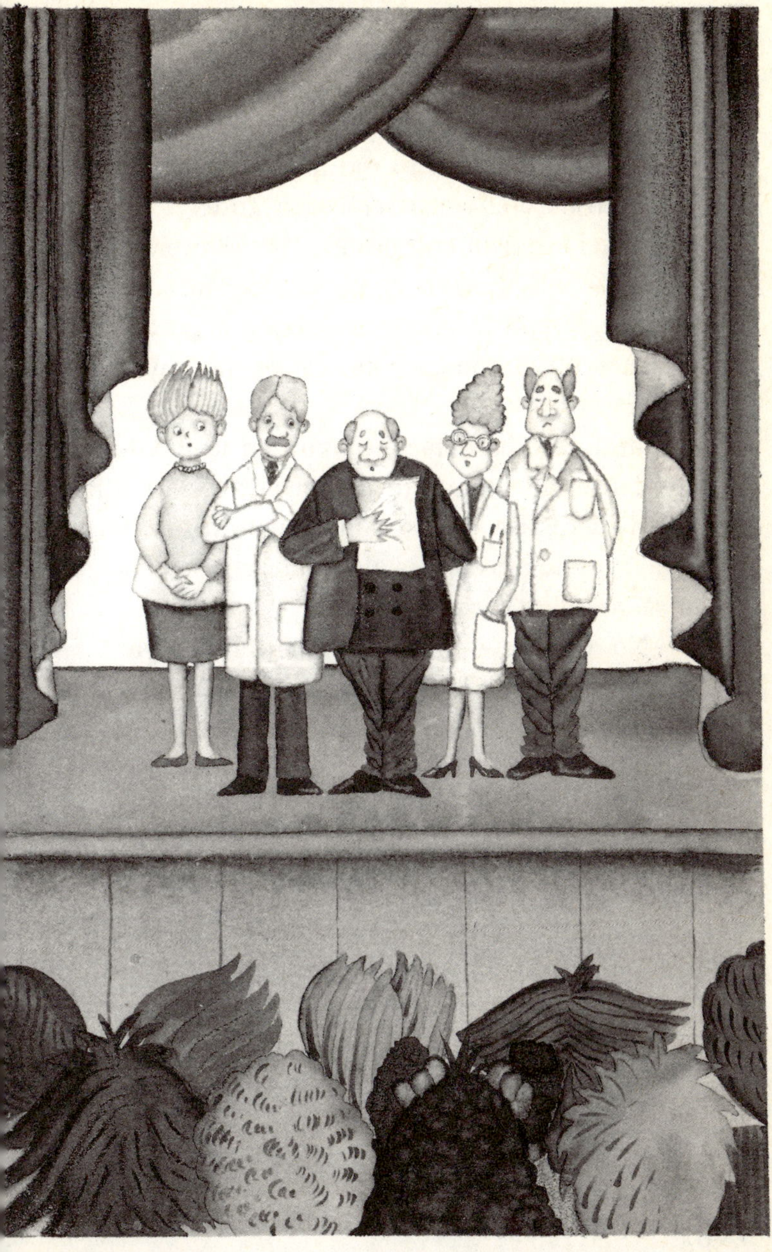

En el patio, estuve dando patadas a un balón hasta que empecé a discutir con Raúl porque decía que yo era un chupón, y yo le dije que él no tenía ni idea de jugar. Luego me di cuenta de que algunas cosas volvían a ser como antes, y de que Raúl y yo seguramente estaríamos siempre discutiendo de fútbol; pero la verdad es que a mí me gusta jugar con él, porque es el que mejores pases me da, y el que mejor sabe dónde me voy a desmarcar.

Cuando estaba bebiendo agua en la fuente que hay detrás del campo de fútbol, apareció Fátima.

—¿Quieres un poco? —me preguntó, enseñándome uno de esos bollos alargados con azúcar que no sé cómo se llaman.

—No, gracias —dije—, hoy he tomado ya...

Me había tomado tres bollos, y los tres de chocolate, como los condenados a muerte, que antes de cumplir la sentencia piden un último deseo. Mi último deseo es un cigarrillo. Mi último deseo es ver el mar. Mi último deseo es que le digan a mi madre que me perdone. Mi último deseo es una palmera de chocolate, un donuts de chocolate y un bucanero de chocolate.

—Qué suerte has tenido —le dije—, te han puesto con García Canuto...

—Sí, es un chico muy simpático y muy valiente... —dijo ella.

Íbamos los dos andando cerca del muro de Gamboa. No sé por qué, pero aquello parecía una despedida. Ninguno de los dos decía nada; era como si ya no nos fuéramos a ver en mucho tiempo, y en realidad seguíamos en la misma clase y nos íbamos a ver todos los días por lo menos hasta fin de curso.

Las despedidas son siempre horribles, eso lo sabe cualquiera; y más aún cuando no sabes si es una despedida o no.

—Adiós, chicos. Hasta la vista.

Miramos hacia arriba, y justo en lo alto del muro, por fuera del colegio, estaba Gamboa sentado.

—¡Gamboa! —dijo Fátima—. Te han echado...

—Me han echado, pero da igual —respondió él—, volveré por aquí cada vez que me apetezca.

Le miré desde abajo y aquel muro ya no me pareció tan alto y Gamboa me dio un poco de pena; nunca sabes lo que te va a dar pena. Mi hermano dice que le dan pena los jugadores del Atlético, porque son malísimos y casi siempre pierden. El profesor de matemáticas le dijo a mi padre que le daba mucha pena suspenderme, pero que me suspendía para septiembre porque había hecho mal todos los problemas del examen final.

A mí Gamboa me había amenazado y también había pegado a algunos de mis mejores amigos, pero ahora le habían echado del colegio y me daba pena.

—No te creas que me he olvidado de ti —me dijo Gamboa—. Cualquier día de éstos voy a venir a buscar mis redacciones.

Yo le miraba y ya no me daba ningún miedo. Por mucho que lo pensara, me seguía dando un poco de pena.

Las cosas cambian. Así de sencillo.

—¿Y ahora qué vas a hacer? —le preguntó Fátima.

Gamboa se puso en pie. Subido a su muro, justo antes de desaparecer por el otro lado, dijo:

—¡Volveré!

Ésa fue la última vez que le vi.

A lo mejor sus padres le castigaron. Si te echan del colegio, hasta un grandullón como Gamboa tiene unos padres que te castigan.

El timbre para volver a clase sonó.

Cuando suena ese timbre, todo el mundo se pone a correr. Así que yo también me puse a correr y me fui sin esperar a que Fátima dijera nada más.

Creo que ninguno de los dos sabía qué más decir.

13

He ido a ver una película que ya tenía muchas ganas de ir a ver y que es de dibujos animados, aunque últimamente los dibujos animados no me gustan mucho.

Se llama *El rey León* y es la historia de un león que no quiere que descubran que es el hijo del rey.

Yo no estoy seguro de si él mismo se ha olvidado de verdad de quién es. Si se enteran los demás, lo va a pasar muy mal, y puede que hasta le maten, porque algunos no quieren que sea el rey. El caso es que es un león que no sabe si estar por ahí tranquilamente con sus amigos pasándolo bien y sin preocupaciones, o reconocer que es el verdadero hijo del rey, y, por tanto, el verdadero rey.

Muchas veces, hay que elegir.

Si eres el rey, pues lo eres y ya está.

Yo no sé si se pueden elegir algunas cosas, y tampoco sé si soy un mentiroso o si no lo soy. Cómo puedo saber eso. De dónde vienen y de quién son las mentiras; mías no son, desde luego.

Mi madre dice que un mentiroso es el que dice mentiras. Y yo últimamente, desde el día que echaron a Gamboa del colegio, creo que no he dicho ninguna.

A la salida del cine me he encontrado con una buena amiga.

—Hola —he dicho.

—Hola —ha respondido Fátima.

Nos hemos quedado mirándonos un momento sin saber qué decir.

—He venido con mi madre —ha dicho ella—. ¿Te acuerdas de Fernando, mamá?

Y ha aparecido su madre y ha dicho que sí, que se acordaba de mí.

—¿Cómo estás, Fernandito?

Yo creo que lo ha dicho sin pensar y que en realidad no se acordaba. La mujer llevaba un espantoso vestido naranja fosforito; y eso que a mí el naranja es un color que siempre me ha gustado, es el color de la selección holandesa de fútbol, pero no para un vestido fosforito de una señora en el cine.

La madre de Fátima me ha preguntado qué tal me iba en el colegio, y a continuación me ha preguntado... si me gustaba su nuevo vestido naranja.

He mirado a Fátima, tratando de adivinar lo que estaba pensando ella.

Luego he estado pensando lo que debía respon-

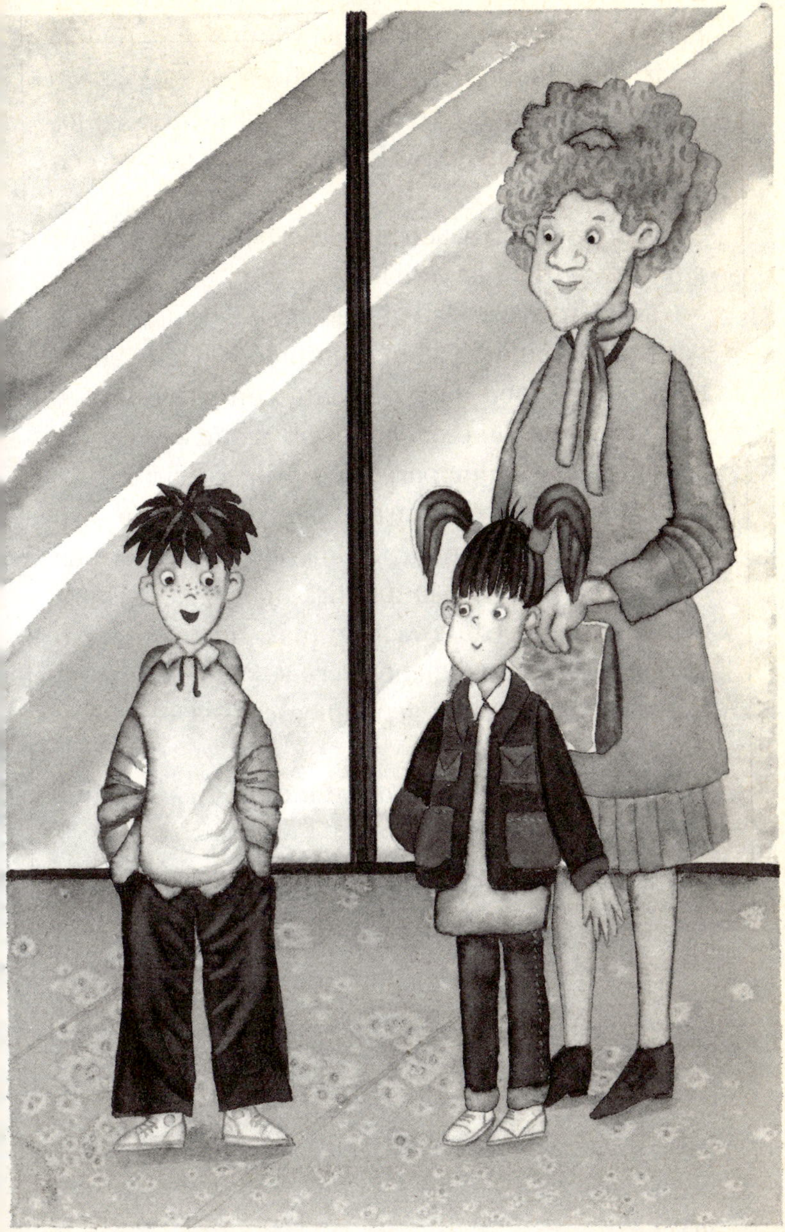

der yo. Y de pronto he tenido muchas ganas de decir: «Me llamo Fernando, señora, y sólo puedo decir la verdad: su vestido naranja es uno de los vestidos naranjas más espantosos que he visto en toda mi vida».

Y luego he pensado que eso era verdad, pero que no era toda la verdad.

También era verdad que acabábamos de salir de ver una película de dibujos animados, y que aquella señora estaba muy contenta con su vestido, y que yo era un niño de diez años, y que a veces las cosas no son lo que parecen a primera vista.

Y, sobre todo, he pensado que yo no tenía ningún motivo para andar fastidiando a la madre de Fátima. La verdad y la mentira no son lo más importante; las personas son lo más importante. No sé cómo sonará así dicho. Pero sé cómo suena en mi cabeza: suena estupendamente.

Así que he dicho:

—El color naranja siempre me ha gustado mucho.

Ésa es la verdad.

EL BARCO DE VAPOR

SERIE NARANJA (a partir de 9 años)

1 / *Otfried Preussler*, **Las aventuras de Vania el forzudo**
2 / *Hilary Ruben*, **Nube de noviembre**
3 / *Juan Muñoz Martín*, **Fray Perico y su borrico**
4 / *María Gripe*, **Los hijos del vidriero**
5 / *A. Dias de Moraes*, **Tonico y el secreto de estado**
6 / *François Sautereau*, **Un agujero en la alambrada**
7 / *Pilar Molina Llorente*, **El mensaje de maese Zamaor**
8 / *Marcelle Lerme-Walter*, **Los alegres viajeros**
9 / *Djibi Thiam*, **Mi hermana la pantera**
10 / *Hubert Monteilhet*, **De profesión, fantasma**
11 / *Hilary Ruben*, **Kimazi y la montaña**
12 / *Jan Terlouw*, **El tío Willibrord**
13 / *Juan Muñoz Martín*, **El pirata Garrapata**
15 / *Eric Wilson*, **Asesinato en el «Canadian Express»**
16 / *Eric Wilson*, **Terror en Winnipeg**
17 / *Eric Wilson*, **Pesadilla en Vancúver**
18 / *Pilar Mateos*, **Capitanes de plástico**
19 / *José Luis Olaizola*, **Cucho**
20 / *Alfredo Gómez Cerdá*, **Las palabras mágicas**
21 / *Pilar Mateos*, **Lucas y Lucas**
22 / *Willi Fährmann*, **El velero rojo**
25 / *Hilda Perera*, **Kike**
26 / *Rocío de Terán*, **Los mifenses**
27 / *Fernando Almena*, **Un solo de clarinete**
28 / *Mira Lobe*, **La nariz de Moritz**
30 / *Carlo Collodi*, **Pipeto, el monito rosado**
31 / *Ken Whitmore*, **¡Saltad todos!**
34 / *Robert C. O'Brien*, **La señora Frisby y las ratas de Nimh**
35 / *Jean van Leeuwen*, **Operación rescate**
37 / *María Gripe*, **Josefina**
38 / *María Gripe*, **Hugo**
39 / *Cristina Alemparte*, **Lumbánico, el planeta cúbico**
42 / *Núria Albó*, **Tanit**
43 / *Pilar Mateos*, **La isla menguante**
44 / *Lucía Baquedano*, **Fantasmas de día**
45 / *Paloma Bordons*, **Chis y Garabís**
46 / *Alfredo Gómez Cerdá*, **Nano y Esmeralda**
47 / *Eveline Hasler*, **Un montón de nadas**
48 / *Mollie Hunter*, **El verano de la sirena**
49 / *José A. del Cañizo*, **Con la cabeza a pájaros**
50 / *Christine Nöstlinger*, **Diario secreto de Susi. Diario secreto de Paul**
51 / *Carola Sixt*, **El rey pequeño y gordito**
52 / *José Antonio Panero*, **Danko, el caballo que conocía las estrellas**
53 / *Otfried Preussler*, **Los locos de Villasimplona**
54 / *Terry Wardle*, **La suma más difícil del mundo**
55 / *Rocío de Terán*, **Nuevas aventuras de un mifense**
57 / *Alberto Avendaño*, **Aventuras de Sol**

58 / *Emili Teixidor*, **Cada tigre en su jungla**
59 / *Ursula Moray Williams*, **Ari**
60 / *Otfried Preussler*, **El señor Klingsor**
61 / *Juan Muñoz Martín*, **Fray Perico en la guerra**
62 / *Thérèsa de Chérisey*, **El profesor Poopsnagle**
63 / *Enric Larreula*, **Brillante**
64 / *Elena O'Callaghan i Duch*, **Pequeño Roble**
65 / *Christine Nöstlinger*, **La auténtica Susi**
66 / *Carlos Puerto*, **Sombrerete y Fosfatina**
67 / *Alfredo Gómez Cerdá*, **Apareció en mi ventana**
68 / *Carmen Vázquez-Vigo*, **Un monstruo en el armario**
69 / *Joan Armengué*, **El agujero de las cosas perdidas**
70 / *Jo Pestum*, **El pirata en el tejado**
71 / *Carlos Villanes Cairo*, **Las ballenas cautivas**
72 / *Carlos Puerto*, **Un pingüino en el desierto**
73 / *Jerome Fletcher*, **La voz perdida de Alfreda**
74 / *Edith Schreiber-Wicke*, **¡Qué cosas!**
75 / *Irmelin Sandman Lilius*, **El unicornio**
76 / *Paloma Bordons*, **Érame una vez**
77 / *Llorenç Puig*, **El moscardón inglés**
78 / *James Krüss*, **El papagayo parlanchín**
79 / *Carlos Puerto*, **El amigo invisible**
80 / *Antoni Dalmases*, **El vizconde menguante**
81 / *Achim Bröger*, **Una tarde en la isla**
82 / *Mino Milani*, **Guillermo y la moneda de oro**
83 / *Fernando Lalana y José María Almárcegui*, **Silvia y la máquina Qué**
84 / *Fernando Lalana y José María Almárcegui*, **Aurelio tiene un problema gordísimo**
85 / *Juan Muñoz Martín*, **Fray Perico, Calcetín y el guerrillero Martín**
86 / *Donatella Bindi Mondaini*, **El secreto del ciprés**
87 / *Dick King-Smith*, **El caballero Tembleque**
88 / *Hazel Townson*, **Cartas peligrosas**
89 / *Ulf Stark*, **Una bruja en casa**
90 / *Carlos Puerto*, **La orquesta subterránea**
91 / *Monika Seck-Agthe*, **Félix, el niño feliz**
92 / *Enrique Páez*, **Un secuestro de película**
93 / *Fernando Pulin*, **El país de Kalimbún**
94 / *Braulio Llamero*, **El hijo del frío**
95 / *Joke van Leeuwen*, **El increíble viaje de Desi**
96 / *Carlos Villanes Cairo*, **La batalla de los árboles**
97 / *Guido Quarzo*, **Quien encuentra un pirata, encuentra un tesoro**
98 / *Torcuato Luca de Tena*, **El fabricante de sueños**
99 / *Roberto Santiago*, **El ladrón de mentiras**

EL BARCO DE VAPOR

SERIE ROJA (a partir de 12 años)

1 / *Alan Parker*, **Charcos en el camino**
2 / *María Gripe*, **La hija del espantapájaros**
3 / *Huguette Perol*, **La jungla del oro maldito**
4 / *Ivan Southall*, **¡Suelta el globo!**
6 / *Jan Terlouw*, **Piotr**
7 / *Hester Burton*, **Cinco días de agosto**
8 / *Hannelore Valencak*, **El tesoro del molino viejo**
9 / *Hilda Perera*, **Mai**
10 / *Fay Sampson*, **Alarma en Patterick Fell**
11 / *José A. del Cañizo*, **El maestro y el robot**
12 / *Jan Terlouw*, **El rey de Katoren**
14 / *William Camus*, **El fabricante de lluvia**
17 / *William Camus*, **Uti-Tanka, pequeño bisonte**
18 / *William Camus*, **Azules contra grises**
20 / *Mollie Hunter*, **Ha llegado un extraño**
22 / *José Luis Olaizola*, **Bibiana**
23 / *Jack Bennett*, **El viaje del «Lucky Dragon»**
25 / *Geoffrey Kilner*, **La vocación de Joe Burkinshaw**
26 / *Víctor Carvajal*, **Cuentatrapos**
27 / *Bo Carpelan*, **Viento salvaje de verano**
28 / *Margaret J. Anderson*, **El viaje de los hijos de la sombra**
30 / *Bárbara Corcoran*, **La hija de la mañana**
31 / *Gloria Cecilia Díaz*, **El valle de los cocuyos**
32 / *Sandra Gordon Langford*, **Pájaro rojo de Irlanda**
33 / *Margaret J. Anderson*, **En el círculo del tiempo**
35 / *Annelies Schwarz*, **Volveremos a encontrarnos**
36 / *Jan Terlouw*, **El precipicio**
37 / *Emili Teixidor*, **Renco y el tesoro**
38 / *Ethel Turner*, **Siete chicos australianos**
39 / *Paco Martín*, **Cosas de Ramón Lamote**
40 / *Jesús Ballaz*, **El collar del lobo**
43 / *Monica Dickens*, **La casa del fin del mundo**
44 / *Alice Vieira*, **Rosa, mi hermana Rosa**
45 / *Walt Morey*, **Kavik, el perro lobo**
46 / *María Victoria Moreno*, **Leonardo y los fontaneros**
49 / *Carmen Vázquez-Vigo*, **Caja de secretos**
50 / *Carol Drinkwater*, **La escuela encantada**
51 / *Carlos-Guillermo Domínguez*, **El hombre de otra galaxia**